RECREATION

R 08

阿米2：宇宙之心

Ami, Regresa

作者： 安立奎·巴里奧斯（Enrique Barrios）

譯者：趙德明

責任編輯：楊郁慧　　美術編輯：何萍萍

法律顧問：董安丹律師、顧慕堯律師

出版者：大塊文化出版股份有限公司

台北市105022南京東路四段25號11樓

www.locuspublishing.com

讀者服務專線：**0800-006689**

TEL：(02) 87123898　FAX：(02) 87123897

郵撥帳號：18955675　　戶名：大塊文化出版股份有限公司

總經銷：大和書報圖書股份有限公司

地址：新北市新莊區五工五路2號

TEL：(02) 89902588　　FAX：(02) 22901658

排版：帛格電腦排版印刷股份有限公司

製版：瑞豐實業股份有限公司

初版一刷：2005年6月

二版六刷：2022年12月

定價：新台幣 280元

Printed in Taiwan

阿米 2 宇宙之心

Ami, Regresa

安立奎・巴里奧斯（Enrique Barrios）著
趙德明 譯

「父啊！天地的主，我感謝你！因為你將這些事向聰明通達人就藏起來，向嬰孩就顯出來。」——〈馬太福音11：25〉

「宇宙中存在著這樣一個古老的謎團：
生命的意義是什麼？
造物主為什麼要創造宇宙萬物？
人們用聰明的頭腦，努力地想了又想，
卻怎麼也想不出來。
正因為找不到答案，
所以他們就自行創造出一堆理論；
然而，只有在面對愛心的時候，
只有當人類的意識被愛心的光芒照亮時，
它的謎底才會揭曉。
個性質樸、單純的人更容易找到解答，
而小孩子就擁有這種特質。」——契阿星球居民克拉托撰寫的羊皮書前言

CONTENTS

目錄

第一部》

第二部》

我叫彼得羅•X。我用X代替我的姓，意思是「祕密」，因為我不能說出我的真實姓氏。理由嘛，等一下你們就明白了。

我是個小學生，寫過一本很受歡迎的書《阿米：星星的小孩》。對了，這本書是由我口述，再請表哥維克多記錄下來的。

維克多批評阿米的故事是胡說八道，是騙小孩子的鬼話。他說，之所以肯幫我作記錄，只是要「練練文筆」，因為他想創作一部長篇小說。

維克多很好奇我是如何想像出外星世界和外星人的故事。我總是回答：一切都是我親眼所見，但他仍然堅信是我編造出來的。他說我很會編故事。

阿米確有其人。他是我的外星朋友。在去年夏末的某個午後，他出現在寧靜的海灘上。

阿米能猜出我的心思，能像海鷗一樣地飛翔，還會催眠術。看起來他好像連八歲都不到，可是卻能駕駛「飛碟」遨遊太空，還會製造比電視機複雜的各種儀器。

阿米曾經邀我一起乘坐飛船，在短短幾分鐘內俯瞰了地球上的好幾個國家。後來，我們還經過月球附近。我不喜歡月球，那上面太荒涼了。

阿米還帶我去看一個叫做「奧菲爾」的美麗星球。奧菲爾人不知道金錢是什麼；人人各取所需，盡己所能貢獻社會。奧菲爾星球沒有國家之分；全球居民都是兄弟，因此沒有軍隊和警察，也沒有宗教信仰之別；他們深信神就是愛心，愛心就是一切。

阿米說，地球上的人們只要努力追求，也能過這樣的幸福生活。因此有必要讓大家都了解這個真理：愛心是宇宙的基本法則。阿米強調，如果我們不按照這個基本法則來生活，只追求高科技而不提升愛心的話，註定要自我毀滅。地球上發生的種種災難可以證明這個道理。

根據阿米的標準，只有具備三個基本條件的星球才算是文明發達的星球：

一、人人都體認到愛心是宇宙的基本法則。

二、打破國家之間的疆界，組成一個大家庭。

三、愛心是一切組織的基本精神。

阿米要求我把在他身邊體驗和了解到的一切寫成書公開發表。他說我應該當自己是在講故事，而不是描述一段真實經驗。所以我在《星星的小孩》中強調，這只是個故事。對了，我再重複一遍：我從來沒見過什麼外星人，我也沒去過什麼進化星球旅行。書中的一切都是我想像出來的……

我和阿米在旅途結束前訪問了一個玫瑰色的世界。我到達那裡時，外表與心靈卻好像是長大成人的另一個我。那裡有位女孩一直盼望著我的到來。她的膚色是淡藍色的，模樣像日本姑娘。我覺得我和她是相愛的。可是這美好的一切卻在片刻之間消失殆盡。阿米說，這些是發生在未來的事，其間要經過漫長的生活。一直到很久以後我才明白這件事情的意義。

我和奶奶相依為命。每年夏天我們總是去海邊渡假。但是，今年因為旅費不足而沒成行。我很難過，因為阿米說過，如果我把書寫出來，他就會回來看我。我本以為能在海邊再次見到阿米呢。

我本來打算把我的太空漫遊記告訴大家，但是阿米和維克多都勸我別這麼做。他們說，大家會認為我發瘋了（維克多就是這麼想的）。我沒有聽他們的勸告。開學後一回學校上課，我就告訴班上一個很要好的同學有關阿米的事。我還沒講到坐飛碟旅行的情節，那位同學就大笑起來。我只好改口說，我只是在鬧著他玩呢！於是，我又重新成為一個正常的小孩。

所以，我不能暴露自己的身分。

第一部

1 一場美麗的夢？

在我協助表哥維克多寫他的長篇小說時，他非要編這樣一個胡說八道的故事：一個由聰明的跳蚤創造的超級文明，從遙遠的銀河系通過心靈感應術來統治這個世界，企圖強迫地球人為他們開採鈾礦……我認為這個故事荒唐可笑而且危害人心，表兄聽了以後很生氣。他問我難道沒有想過，我和阿米的歷險經驗可能只是一場夢？起初我不理睬他，但他一再追問說，你說不是夢，那麼證據呢？我便告訴他，奶奶吃過阿米送給我的「外星核桃」。他拉著我去找奶奶證實。

「奶奶，維克多是個笨蛋，他認為有關阿米的故事是我在做夢。您真的吃過外星核桃，對吧？」

「孩子，你說什麼核桃？」

「奶奶，就是我從飛船帶回來的核桃啊。」

「彼得羅，我什麼時候吃過？」老人家嘴巴張得老大，一副吃驚的樣子。

維克多聽到我和奶奶的這段對話，得意地笑了，還露出嘲諷的神情。

「奶奶，您記得去年夏天咱們去海邊時發生的事情嗎？您告訴一下維克多吧。」

「孩子們，你們知道我的記性最近差多了。比如今天上午吧，我把錢包忘在雜貨店裡了。直到送牛奶的來收帳，我才發現錢包不見了。我找遍了家裡每個角落，就是想不起來放在哪裡。」

「您真的不記得吃過外星核桃嗎？您那時還說味道好極了呢。」

「我請送牛奶的陪著我去肉鋪——不對，不是肉鋪。是雜貨店。對，是雜貨店。運氣還不錯，老闆薩杜米諾還真誠實，他替我好好保存著錢包呢。」

我千方百計提示奶奶有關阿米的事情，可是奶奶完全想不起來了！

維克多得意洋洋地說：「看見沒有！接受現實吧——那是你在做夢。這個夢境的確很美，如果沒有它，我們也不會寫了一本書，但是，說來說去這些都不是真的。」

我想拿出其他證據。可惜除了核桃之外，阿米沒有留下任何紀念品——任何可以觸摸的東西。

我左思右想，突然心眼一亮。

「有證據了！」

「什麼證據？」

「阿米離開的時候，海灘上所有的人都看見『飛碟』了！」

我以為這句話一定會讓表哥認輸。可是，他仍然不為所動。

「你是說過那天出現不明飛行物。但那也是你想像出來的，不是嗎？」

「不是我想出來的，有目擊證人啊。」

「他們看到天上有兩萬個發光體之外又增加了一個。誰也不知道那發光體是個什麼東西——是等離子體？是大氣層折射？是探測氣球？是飛機？總之，是天空中的發光體。於是就大膽猜測說：這是外星飛船。這中間有許多想像的成分。可是你卻編造說什麼跟外星人有過交往，還說什麼去別的星球旅行過。這也太離譜了！你可以成為一個想像力豐富的作家，但是別把想像與現實混淆在一起，免得被送進精神病院。」

「我說的都是真的！是真的！」

「拿出證據來啊！」維克多義正辭嚴地說：「也許你夢見了這一切。也許你的回憶並不是現實生活的內容，而是一場夢。你好好想想吧！」

我覺得好累，提議明天再看他的長篇小說。不過那天晚上我忍不住感到懷疑，我會不會只是在回憶一場夢？

我覺得不可能。可是歸根究底，我有什麼證據呢？

我十分煩惱，不得不去拿起《阿米：星星的小孩》這本書，打算找出蛛絲馬跡。

我把書從頭到尾，仔仔細細地看了一遍，從來沒有那麼專注過。直到結尾才找到一個不可抹滅的證據：岩石上刻了一顆長著翅膀的心。當然，這就是證據！

阿米那時穿著一身白色衣裳。他胸口上有個標誌：一顆金色長著翅膀的心，外部是個圓圈。他說這個標誌的意義是，全人類團結在愛心裡。他離開地球以後，那塊岩石上就出現這個「愛心」的標誌，而我就是在那裡認識了阿米。那個標誌彷彿是鏤刻在石塊上似的，我看過很多次。難道那也是夢的一部分？

我不敢肯定，因為姨媽說她做過一個很長的夢，裡面有大量的細節，甚至連夢中的情節都是連貫的。姨媽說，第二天晚上夢境繼續延伸，起點就是前一晚結束的段落，好像電視連續劇一樣。

我和阿米的相遇莫非是這樣的長夢？

唯一可以說服維克多的鐵證就是海灘岩石上的那顆「愛心」。如果愛心確實存在，那麼有關阿米的一切就是真實的；如果愛心不在，表示一切只是一場美麗的夢。

再次見到維克多時，我劈頭第一句話就是：「找到證據了！」

「什麼證據？」

「證明我確實遇到阿米的證據。」

「證據呢？」維克多看起來興趣缺缺。

「刻在海灘岩石上的一顆愛心。」

「你又在說故事了！忘了你的童話故事，來看看我的長篇小說吧！我在想，如果把聰明的跳蚤換成具有心靈感應能力的蠍子會不會更好？」

「咱們先去海灘吧！你不是剛買了一輛新車？」

「你瘋啦！海邊距離這裡有一百多公里呢。我還有很多事要忙，沒有閒功夫理會一個小鬼頭的胡思亂想。」

「可是你願意把我的故事寫下來啊！」

「那是另外一回事！我把你那些想法寫下來是為了練文筆，可不是把幻想和現實混為一談。那都是想像和瞎掰。」

「那都是真的！」我不高興地抗議。

「彼得羅，我可真的有些擔心你的精神狀況了。」他以責怪的神情看著我。

他說話時關心的口氣讓我猶豫起來。我真的懷疑自己是不是精神錯亂。

「維克多，既然如此，咱們乾脆去一趟海邊吧！如果那顆愛心不在，我就承認一切都是夢，再也不提這件事了。可是假如愛心還在，那你就得相信我。」

「真煩人！好吧，明年夏天咱們去海邊瞧瞧。」

「明年夏天？那還要等六個月啊！」

「耐心點嘛！目前還是先修改我的小說比較重要：一群有超能力的蠍子⋯⋯」

「那我自己去！就算是走路還是跑步過去，我一定要去海邊看看！再說，我一點也不喜歡你這堆鬼蠍子⋯⋯你這些玩意兒太荒唐了，我再也不幫你出主意了！」

維克多看到我惱怒的神情，便說：「我先告辭了。等你明天好了再說。」

他說聲「再見」就離開了。

「你永遠不要再來了！」我對他大聲咆哮，然後衝進臥室一頭埋進被窩，覺得好想哭——老實說是流了幾滴眼淚。不行，男兒有淚不輕彈……

我想了又想，決定立即採取行動，不再哭哭啼啼。我閉上眼睛，認真考慮著去海邊的事。

第二天下午，維克多吹著口哨來了。

「多練習才有好成績。」他大聲嚷著，彷彿什麼也沒發生過似的。

「很抱歉，我有一大堆作業要做。」我假裝在讀地理課本。

「只要一個小時就好……我想出一個外星動物打架的場面：讓有心靈感應術的蠍子去攻擊你想像出來的『高級人類』奧菲爾民族……」

他的提議讓我很心動，但是我仍然裝出不感興趣的樣子。

「對不起！再見吧！」

「嗯……我猜你還在為昨天的事生氣呢。」

「課本上說『大草原是未開墾的大面積平原……』，什麼是『未開墾』啊？」

「我也不知道。唔……好吧，我在想如果去海邊走一走，應該很不錯……」

「什麼？」我不敢相信自己的耳朵。

「咱們可以星期五下午過去，把帳篷和換洗衣物也帶著。對了，順便確認一下那塊岩石上根本沒有什麼『愛心』。不過，你要是還生我的氣……」

「生你的氣？當然不了！」我快活地喊道。「你為什麼這麼快就改變主意了呢？」

「改變？不是什麼改變。昨天晚上，我心煩得無法入睡，等我一下定決心帶你去海邊，立刻就安穩地睡著了。我想我需要稍稍休息一下。另外，我也不希望你那麼生氣，弄得我的書——或者說，你的幾本書——沒有了我的幫助……」

好吧。我搞不清楚維克多到底發生了什麼事。反正在星期五下午，我們倆帶著行李坐上維克多的新車，兩個小時以後來到了海邊。

我深吸了一口海上的新鮮空氣，彷彿那是最甜美的甘露。周遭熟悉的一切讓我回憶起阿米和那次太空漫遊奇遇。

一下車，我就伸長脖子向海灘的方向望去。我幾乎感覺到那外星小孩的「飛碟」就懸在那裡，在海灘的上空……

2 深夜的重逢

維克多打算先在岸邊搭帳篷，因為已經是黃昏時分了。我拼命遊說他先去海灘找那塊岩石。

他說：「好吧，既然都來到這裡了。不過天色越來越暗……」

「走吧！天還亮著呢。」

我們把轎車停在路邊，向海灘走去。

天已經完全黑了。但是雲彩讓路給圓圓的月亮，在小路上灑下月光。我回想起「那個夜晚」也是這樣的圓月；月光也是這樣映照在海面上；海水浴場上也是這樣萬家燈火的景象；海岸邊也是同樣的岩石。一切都是老樣子。

激動興奮的情緒加快了我的心跳和步伐。可是維克多卻舉步維艱。

「這小路太黑、太滑了……」他已經被我遠遠拋在後面。

「走路的時候要勇敢有信心！」我鼓勵他。

「真是天才！應該明天再來，白天走路多輕鬆啊。」

「等到明天才是笨蛋呢。馬上就到了。」

這時我聽到身後有一陣響動。

「彼得羅！」

「怎麼啦？」

「我摔到水裡了。快來幫我！」

「要踩著石頭走，才不會滑倒！」我趕緊朝他走過去。

「我看不清哪裡是水哪裡是路。周圍都是黑漆漆的。拉我一把！」

「如果你根本就不想去看的話，當然會覺得四周黑漆漆的，什麼都看不到。」

「你看看我這副樣子，鞋子和褲管都濕透了，有夠狼狽的。我不往前走了，明天再來吧！」

我們距離那塊岩石只有幾米遠，卻非要等到隔天再來，簡直太傻了。

我說：「馬上就到了，只差幾步路而已。」

「也許只有幾步路。可是這路太滑了，很危險。石頭上長滿了濕漉漉的青苔。海水漲潮了，很容易摔斷骨頭的。還是回去吧！搭了帳篷好好睡一覺，明天再來嘛！」

「維克多，小心！浪打過來了！跳到那塊石頭上面去！」

「哪塊石頭？……哎喲！」

這一回維克多渾身都濕透了。

說到底，維克多已經不是年輕小夥子了，雖然他還不到三十歲。

我們在沙灘上搭了帳篷。我不太情願地準備乾柴生營火，維克多進去換掉濕衣服。

「這就是跟小鬼頭攪和在一起的後果。」他抗議道。

「這就是跟老頭子攪和在一起的後果。」我抗議道。

「好吧！」我宣布停戰：「你全身都擦乾了，可以去睡覺了。我去去就回來。」

去海灘本來是件很容易的事，可是成年人有個怪毛病：非得把一切弄得很麻煩，把最簡單的事情弄得困難和複雜到可怕的程度……

「絕對不行！你老實地待在我身邊。走那些烏漆嘛黑的石頭路，什麼意外都可能發生。我睏了。走吧！跟我一起睡覺去！」

「可是……」

「睡覺去！」

我決定先聽他的話假裝躺下，等他一睡著，我就……

「好吧！咱們去睡覺！睡覺也很不錯。」

我像一條伺機而動的蛇在黑暗中等待時機。過了好久、好久以後，維克多的鼾聲終於響起。

我悄悄鑽出睡袋，向帳棚門口移動。我剛要探頭出去，一隻手揪住了我的衣領。

「你上哪兒去？」維克多盤問我。

「這個……那邊……外面……去小便……」我靈機一動想了個好藉口。

「好吧。可要快點回來！」維克多沒有懷疑我。

「放心吧！我馬上就回來。」

我一鑽出帳篷，就以閃電般的速度直奔「神奇的岩石」。這時，我突然生出一股神奇的力量，我像兔子般靈巧地跳過一塊塊錯落的大小岩石，逼近最後目標。

我激動地停下來，輕輕撫摸著那塊最高大的岩石。我費了不少力氣才來到這裡，現在只需要攀登上去就可以看到那顆長翅膀的心了。

那顆心會不會不見了呢？

想到這裡，我的眼前一黑。剛才那股神奇的力量也消失了。

我開始向上攀登，心裡充滿了疑惑和擔憂。一路磕磕碰碰、跌跌撞撞，最後終於登上了頂端。

我興奮地在平坦的石面上走著。由於夜色深沉，我看不清楚刻畫「愛心」的地方在哪裡。

我把腳步放得很慢，心裡有一種說不上是悲傷還是快樂的感覺，就好像正在回味往日的時光似的。

我踏遍了岩石表面的每個角落，仍然沒有找到那個記號。難道它已經消失了?!

我傷感地想著，原來它並不存在。一切都是夢，是我想像出來的……

這時，一個熟悉的聲音在我身後響起：「我不是夢。」

我很慢地轉過身，似乎害怕那個聲音只是我的幻覺。

然後，我看到了我那位親愛的小朋友白色的身影。他仍然像往常一樣，微笑地望著我。

「阿米！」

3 外星女孩

擁抱阿米時，我忍不住高興得哭了。一切都是真實的，一切。

「彼得羅，你長高了。」

「是的。要不然就是你縮水了，哈哈。」我們倆大笑起來，跟從前一樣。

忽然，我想起維克多還在帳篷裡等著我呢。

「以前是惦記著奶奶，現在是惦記著表哥。你就不能無憂無慮地生活嗎？」阿米總是知道我在想什麼。

「你說得對，可是……」

「用不著擔心！我讓你表哥在帳篷裡舒服地睡大覺。咱們有一整晚的時間呢。」

「真的嗎？」

「當然了。你想看看他嗎？」阿米一面問我，一面取出小電視機。

「不必了，我相信你。」

「好啊，這可是個大進步。」

「什麼大進步？」

「你能相信別人了。」

「阿米，我不明白你的意思。」

「上次你答應和我一起去太空漫遊，難道不是因為懷疑外星人的存在嗎？」

我想了一想。阿米說得沒錯，我那時的確對外星人的存在心生懷疑。

「的確如此，但是我覺得那次旅行很值得。而且，現在我確定你是存在的。」

「那我走了以後呢？你敢肯定以後不會認為一切都是夢嗎？」

「絕對不會。你是真實存在的。」我拍拍阿米的肩膀。

「那麼在這之前呢？難道我不存在嗎？可是你就對我懷疑起來了。」

「你又說對了。阿米，為什麼有時候人會懷疑這懷疑那呢？」

「這是因為每個人都有好幾種不同層次的思維方式，而且這些層次彼此之間是沒有關聯的。譬如說，一個人有時候可能表現得既粗暴又兇狠，但有些時候卻可以顯得和藹可親。如果你處於比較高的層次時，就可以體驗到神奇的事情，就像你跟我在一起的時候一樣；你可以學到偉大的真理，或者實現自己的夢想。相反的，如果你處於比較低的層次時，就無法像現在一樣和高層次的人接觸；就算以前曾經經歷過，還是會忍不住產生懷疑的心態。」

「阿米，以後我不會懷疑你了。可是你去年為什麼不回來看我呢？我早就寫好那本書了。我以為……」

「你以為我馬上會回來，是嗎？」他笑了。「你應該培養耐心，要訓練自己保持平和的心境。缺乏耐性的人是不能和宇宙萬有和睦共處的。萬事萬物都有各自的時刻表。另外，由於你心存懷疑，破壞了和另一個世界建立聯繫所需要的一系列條件。不過，你是特殊情況。」

「阿米，很抱歉。我再說一遍：我不會懷疑這一切了。」

阿米望著海水浴場的燈火，深深地吸了一口夜間的空氣。

「宇宙萬物是如此美好。走吧！我帶你去銀河系兜一圈。」

「太棒了！你的飛船在哪裡？在水底下嗎？」

「不是。在上面。」他指指天空。

我抬頭望去，卻只看到星星。

「我怎麼看不見呢？」

「它處於隱形狀態呢。走吧！我介紹一個人給你認識。」

「這次你不是一個人來的？」

「不是。」他一面回答一面從腰帶上取下一個儀器。

我有點失望。我並不喜歡和陌生人一起漫遊太空。與阿米單獨在一起，我感到更自在。

「怎麼上飛船啊？」

就在我發問的同時，一道強烈的黃色光芒照射在我們身上。我覺得自己被某種力量高高地舉到空中。這一次我不怎麼害怕，因為已經有經驗了。

「飛碟」出現在我們上方，船體下方亮著一盞燈。我們快速邁進船艙，走進我熟悉的那間小客廳。

看到這些舊日景物，我不由得一陣感傷。

阿米笑著問我：「你怎麼啦？像個愛哭的小女生一樣。」

「我也不知道自己怎麼搞的，大概是沒想到可以再回到這裡。這一切似乎不是真的，但我很清楚這不是幻覺。謝謝你，阿米。」我吸吸鼻子。

「別說傻話了！這一切就和從前一樣，不要胡思亂想。好啦，有人在駕駛艙等著我們呢。來！往這邊走！」

我跟在阿米後邊。我猜想大概是個綠皮膚的男人在等著我們吧。在奧菲爾星球上，我看過各種外表怪異的人。

進入駕駛艙，我馬上看到一個長得像地球人的女孩：她身形瘦削，皮膚白皙，有紫色的眼睛和玫瑰色的長髮，頭上繫著一個可笑的黃絲帶蝴蝶結，身穿一件寬大的藍色潛水裝。她目不轉睛地注視著我，表情十分嚴肅，好像我是個怪物似的。她讓我感到厭惡；總之，是個醜女孩。

阿米用一種古怪的語言跟她交談，中間提到了我的名字。

然後他轉身對我說：「我來介紹一下：這是文卡。好啦，握握手吧！」阿米笑著慫恿我和她打招呼。他分別用了兩種語言對我們說話。

我和她互相對看一眼，兩人對彼此既不友善，也不開心。她伸過來一隻細長的手。我幾乎不想伸出手去，但是基於禮貌和教養，我握住了她的手，還順便數了一下她有幾根手指——五根。她的手很溫暖，令人感到愉快。

我說了一聲：「很高興認識妳。」然後走到她身邊，準備親吻她的面頰。她吃驚地躲開，低聲咕噥了一句我聽不懂的話。

站在一旁的阿米笑彎了腰，用女孩的語言向她解釋說，親吻面頰是地球上男性與女性之間的問候方式。

阿米對我說：「在她生活的那個星球上，沒有這種問候方式。這是個習慣問題。」

我記得在奧菲爾星球上，男女互相親吻是很常見的，因此我推測說：「她居住的星球一定是個文明不發達的世界。」

「是的。她居住的世界跟地球的水平差不多。好了，還是讓你和她直接交談比較好。把這個戴上，這是你的翻譯通。」阿米遞給我一個像耳機的小東西，但是沒有天線。他也遞給紫眼睛的女孩同樣的東西。

阿米用另外一種語言說道：「現在你們倆聊一聊吧！」耳機把阿米的話翻譯成我

聽得懂的語言。

女孩說：「你好！」

其實從她嘴巴裡發出的是奇怪的聲音，但是翻譯機讓我了解她的意思。

我回答：「妳好！」

她問我：「你的星球叫什麼名字？」

「地球。妳的呢？」

「契阿。」她答道。

因為可以和她溝通交談，我開始不那麼討厭她了。

「文卡，妳幾歲了？」我問。

「二百四十五歲。」

我嚇了一大跳——她看起來明明就像個小孩子啊！

「等一等！」阿米插了進來，他似乎覺得我們的對話很有趣：「當地球繞著太陽公

轉一圈的同時，契阿星球已經公轉二十多圈了，所以你們兩個的年紀看起來差不多。」

我仔細地看著文卡。她尖尖的耳朵很漂亮，正好搭配她的長髮。她的頭髮又細又軟，好像小雞身上的絨毛。

「這麼說，在你們的星球上不許親吻面頰了？」

「只有戀人或夫妻可以彼此親吻面頰。看來你們地球好像非常現代化？」

「還遠不如奧菲爾上的人。」

「奧菲爾是什麼？」

「一個文明高度發達的星球。喂，阿米，你沒帶文卡去太空漫遊嗎？」

「有，但不是去奧菲爾。對了，現在要讓你們看一場精采的表演：銀河系的舞蹈。」

我和文卡請阿米詳細解釋一下。

「好吧。你們知道星星是運動的……」

我想用我的天文學知識給文卡留下深刻印象，於是說道：「星球是不斷運動的，可是星星的位置是固定的。」

阿米聽了一笑，繼續解釋道：「雖然天上的星星看起來好像固定在那裡，但是就整個銀河系來看，它們其實一直都在快速地移動著。我們待會就可以看到了，感覺像是從現在所處的時間和空間點抽離出來，用另一個角度觀察銀河系。我們會看到星星以飛快的速度從眼前經過，就像看錄影帶時按下快轉鍵一樣。這樣你們明白嗎？」

我和文卡回答說，好像明白又不太明白。

「另外，每顆星星在移動時都會發出震波，我們可以把它轉換成聲波來收聽。而且，我們也可以聽聽看銀河系的每個星球會發出什麼聲音。來吧！」阿米操縱控制儀表，請我和文卡坐下。

螢幕上出現了海水浴場的影像。我看到維克多的帳篷和轎車。那塊岩石上面，清楚地刻畫著一個長了翅膀的心……

「愛心就在那裡！可是我為什麼找不到呢？」

「彼得羅，那個標誌一直都在。是我對你施了障眼法，讓你看不見它。」

「怎麼可能？我沒收到任何指令啊？」

「那是通過心靈感應發送和接受命令的。」

「這是遠距遙控障眼法！」文卡露出佩服的神情。

「太神奇了！」我心裡盤算著，如果我學會施展障眼法，就可以命令玩具店老闆把我喜歡的玩具都送給我；還可以說服老師讓我的考試得滿分，儘管我交了白卷……

阿米說：「掌握了這種本領的人可以搞許多騙人的勾當，因此，不能讓壞人擁有這種能力。宇宙法則對這種事有嚴格規定。」

「我知道宇宙基本法則。那就是愛心。」我覺得自己有資格掌握這種本領。

「你以為僅僅知道法則就夠了嗎？」

「那還缺少什麼？」

「要按照法則去做啊！」

「說得對。我一定按照法則去做！」

「你覺得由於你的貪心而讓玩具店老闆作虧本生意就是愛心的表現嗎？你認為強迫別人做違背良心的事情就是愛心的表現嗎？你以為欺騙和設置陷阱就是愛心的表現嗎？」阿米的一席話好像一桶冷水兜頭澆下來。

阿米早已經捕捉到了我腦海裡飛快閃過的念頭，甚至連我自己都沒有清楚意識到這是不誠實的行為。他的尖銳批評把我狠狠擊倒。我羞愧難當，說不出話來，整個人像洩了氣的皮球。更令我難受的是，文卡親眼目睹了這一幕。

阿米輕聲安慰我說：「別擔心！我讓文卡進入了暫時的恍惚狀態。我說的話，她一點也沒聽到。」

阿米這番話讓我稍稍平靜了些，但是我激動的情緒還沒有完全平復。過去我一向自認為是個好孩子，可是現在證明我常常動歪腦筋。阿米讓我發現了自己的毛病，因此我對自己的看法有了改變：我很不誠實。

不知道為什麼，我漸漸對阿米產生了強烈的憤怒。憤怒給了我戰勝自己的力量。「這是我工作中最糟糕的部分。誰也不喜歡被別人指出缺點。如果一個人從來不認為自己有某個缺點，當然不會想把它改掉。但是，你必須知道如何把自己的想法清楚地表達出來，這點可以慢慢學習。」

我覺得阿米所說的每句話都是不懷好意的人身攻擊。我的怒氣逐漸上升。他憑什麼責備我？他不該因為我的一個惡作劇念頭就如此兇狠地責備我。我想，我永遠也不會使用遙控障眼法去幹壞事。絕對不會的，因為我從來就不是壞孩子——恰恰相反。

「你回過神了嗎？」阿米像往常那樣笑著，但是我覺得他的笑聲充滿嘲諷。

「你還要繼續傷害我嗎？我要回帳篷去。我受夠了這一切！」我毅然站起身來。

阿米並不厚道，他喜歡污蔑別人，但是我對自己仍然充滿信心。

我用嘲弄的目光看看他，說道：「你這個了不起的外星小孩，就只會把『愛』掛在嘴邊，整天吹噓愛有多偉大；但是在現實世界裡，你卻只會挑剔別人的小毛病。依我看，你根本不懂愛是什麼，只會用嘴巴說，自己卻做不到。好運才不會降臨在像你這種不誠實的人身上。哼！我不想待在這裡了！我要走了！」

阿米十分平靜地傾聽著我咄咄逼人的攻擊。他的目光中似乎有悲哀的神情。

「彼得羅，我知道你很難受，但我是為你好。原諒我吧。」

「沒有什麼可原諒的。我要走了。」

這時，文卡清醒了，她說：「彼得羅，你不能這麼快就走。我還想跟你再談一談呢，我想多多了解你和你的世界。」

她這番話讓我很意外，讓我逐漸冷靜下來。

「好吧。本來我並不想走，但問題是……」我嘆了一口氣。

「彼得羅，是什麼？」亮晶晶的紫色眼睛望著我。現在我才發覺她其實長得很好看。

「彼得羅，你為什麼要走啊？」

「我？要走？上哪兒去啊？」

「你剛才說要走啊。」

這時我想起那個「罪魁禍首」來。

「因為阿米說了一些莫名其妙的話。他傷害了我。」

「我好像睡著了，什麼也沒聽見。阿米，你真的傷害了彼得羅嗎？」

「說真話是傷害人嗎？」阿米問道：「我只是想讓他知道，他提出的根據並不正確而已。這傷害了他的自尊。但是火氣會消去的。」

文卡熱切地說：「你別走！我想咱們還有許多話要說……」

我也有同樣的感覺。有關她的一切，我都想知道。

阿米開玩笑地說：「好啦，好啦，不准談情說愛。咱們去看銀河系的舞蹈吧。過去我曾經讓你們看到了與自己對應的心靈。雖然你們暫時還沒有遇到自己的伴侶，但是也要忠貞不渝啊。」

當我知道文卡未來會有另外一個男孩愛她時，我竟然有些吃醋，實在很奇怪。

文卡說：「阿米，你別胡說八道。我和彼得羅之間僅僅是友誼。」

「對一個不認識的人，很難說什麼忠貞不渝。」我發表看法。

「可是你『認識』你的伴侶。你曾經去過未來的世界和她見面，雖然相處的時間很短，但是你會有一種感覺——有別於你們熟知的那五種感官——你可以透過很多其他的東西去感應、意識到一個人的存在，哪怕她在遙遠的地方。」

「是心靈感應嗎？」

「心靈感應與思想有關係。我說的這種感覺與感情比較接近。彼得羅，你沒有感覺到伴侶的存在嗎？」

「這……這……有時在夜裡，我獨自一人的時候，心裡想著在某個地方，有個人在等著我。」這可是個人隱私啊。

「你是心裡想呢，還是感受到她的存在？」

「那個時候嘛……我認為是感受。」

「那個時候你能愛她嗎？」

「這個，這個，不知道。我認為，我認為……能夠愛她。」

「看來你現在已經漸漸能運用這種高層次的感覺了。身為人類，這是追求進化的必經之路。透過這種感覺，我們不必借助五官，不必透過思考，就可以感應到一些心靈層面的訊息；因此，我們能夠區分哪些人是好人，哪些人不是那麼好，也可以分辨哪些事是真的，哪些事是騙人的；也因此，我們能夠感受到真正的愛心和神的存在。」

這時文卡說：「在我們契阿星球上，有很多人不信神。」

「只有當這種高層次的感覺沒有被廣泛運用時，人們才需要信仰。如果能夠自由運用它，就沒有信仰或不信仰的問題了。我們只要去感應另一半的存在，不必看到他本人就可以奉獻自己全部的愛。這種高層次的感覺讓我們可以感應到心靈伴侶的存在，並且對他忠誠，哪怕他並不在身邊。」

我心裡想像著我未來的那個「日本姑娘」，可是沒有任何感覺。我不知道自己是不是沒有培養阿米說的那種感覺，要不然就是文卡的出現給我造成了某種「干擾」。

「好啦，咱們來看些美麗的東西吧。不過要記住：在飛船裡不能有邪惡的念頭；否則，不好的想法會產生一種『干擾』。」

阿米居然看到了我心裡對「日本姑娘」的不忠念頭。我覺得自己很不應該。

「彼得羅，你得拋開那種念頭！」

「好吧，阿米。我不再胡思亂想了。」

「我是說，你別再生我的氣了！」

原來他說的是這個！我還以為他已經發現文卡帶給我強烈的吸引力呢。

「還是朋友，對嗎？」他笑著伸出手來。

「當然。」我回答。文卡讓我忘卻了之前的不開心。我和阿米友好地握握手。

「好哇！」文卡高興地喊道：「現在咱們來欣賞銀河音樂會吧！」

阿米糾正說：「是銀河系的舞蹈表演，雖然也有音樂。彼得羅，坐下吧！」

4 宇宙之舞

飛船顫動了一下。一道非常強烈的黃色光芒照亮了整個駕駛艙，隨後黃色變成了玫瑰色，接著又轉成紫色，隨後又變成美麗的天藍色，最後是耀眼的白色。白光很快地熄滅，窗外斷斷續續有美麗的光線投射進來，成為船艙裡唯一的光源。

「看窗戶外面！」

我們起身走到窗戶邊。眼前的景象讓我不禁興奮地全身起雞皮疙瘩，因為實在是太奇妙了！我看到很多呈螺旋狀、五顏六色的星群散落在天空的各個角落，每一個光點都以緩慢的速度移動著。每個星群都像一團團色彩繽紛的煙霧，也像一個個的漩渦。除此之外，天空中遍布大大小小的星星、彗星、太陽和行星，還有多種色彩的星雲，有些形狀看起來像棉花糖，有些則像打開瓦斯爐時冒出的火苗。星雲最外圍拖曳著閃閃發光的絲狀物，讓它看起來像極了一圈圈的漣漪，有時還會隨著星雲的移動而

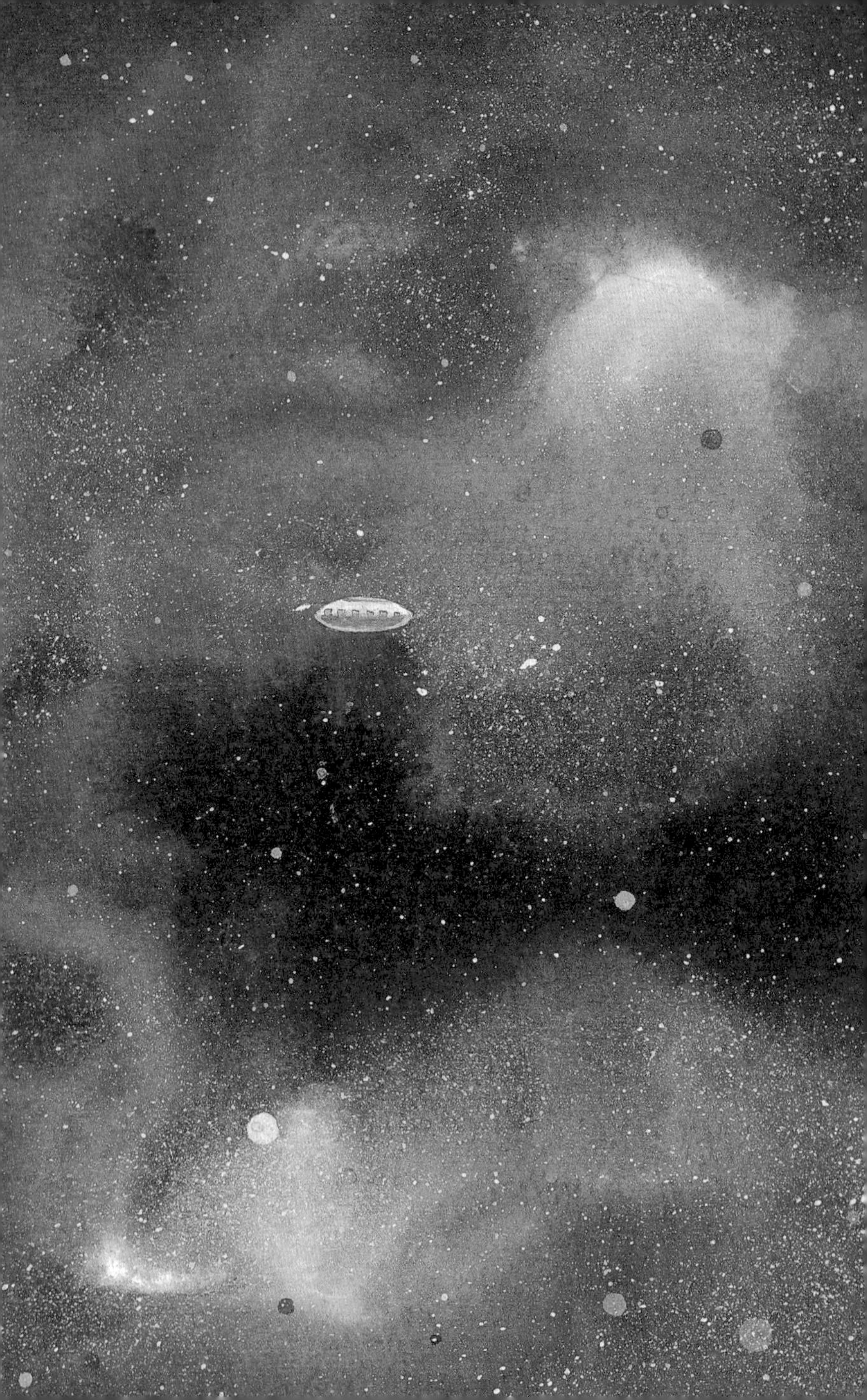

緩緩消散。

那個巨大的螺旋體越來越大，好像有生命力似地不斷向外擴散。遠處有些光點突然爆開，迸出轉瞬即逝的火花，就像陽光照射在金屬片上造成的閃光一樣。

「我們正在觀看銀河系是如何運行的。現在讓我們來聽聽看每個移動的星體會發出什麼聲音吧！」

阿米按了儀表板上的一個按鈕，飛船裡充滿了許多難以形容的聲音；有的像嗡嗡聲，時而低沉，時而尖銳；有的像汽笛鳴叫的聲音，聽起來很刺耳；也有的像連續的雷鳴。而光點在爆開時發出的聲響，讓我聯想到彈奏豎琴時發出的清脆樂音。

聽完這麼多的聲音，我覺得好像欣賞了一首難忘的協奏曲。

「銀河就是這樣發聲的。現在咱們加快速度！」

阿米輕輕拉起一個握桿。那片流星群以令人難以置信的方式飛快地運動，並逐漸向四方伸展擴大。

我越來越覺得銀河系是活的，他有自己的意識和律動方式。他的外形就像一個生長在宇宙裡的大水母，按照自己的步調，將閃閃發光的觸角往周圍延伸。的確如此，我發現即使他加快了運行速度，他產生的律動和因此演奏出來的協奏曲，不管在旋律還是節奏方面都顯得非常協調。我彷彿聽到撥弦、轉音和高低起伏的樂音……

「我的天啊！真是太美妙了！」文卡激動地呼喊著。淚水濕潤了她那美麗的雙眼。跳舞的銀河發出五顏六色的光線反射在她的瞳孔上，閃亮的星光使她的眼睛顯得更加明亮美麗。

阿米似一種崇敬的語氣說：「到了這裡，我們和神之間的距離又拉近了一些。只要銀河系一產生律動，神也會跟著高興起來。因為神並不像我們站在外面觀看，而是因為有了祂的律動才有能量的產生，然後才能將能量轉化成幾千幾萬顆的星球。還有呢！不管是像銀河系那麼大的實體，或是像我們一樣渺小，甚至比我們更小的生物，神都會從每個個體的內心觀看周圍的一切。因為神的心中有愛，才會將自己崇高的精神與祂創造出來的萬物分享。」

面對如此驚心動魄的場景，文卡激動地哭了。我也感到喉頭哽咽著。

我想安慰一下文卡，便把她摟在懷中。她的腦袋依偎在我肩膀上。我聞到了她身上迷人的香味。我輕撫著她的頭髮，她的長髮又順又滑，上面繫著黃絲帶編織的蝴蝶結。

阿米打斷了我們倆的親密接觸：「今天就到這裡吧！無論什麼事情過分了就不好，甚至包括『美』。你們倆過來！」他把我們拉到旁邊的座位上。我發現自己並不想鬆開摟著文卡的手——我這是怎麼了？

我坐了下來，強烈的光線重新照亮了駕駛艙，我心裡想：阿米還能展示什麼更驚奇的東西呢？看過那些奇妙無比的畫面之後，其他的事物都顯得平凡無趣了。

阿米說：「只要有愛心，所見所聞就不會冰冷無情。看看外面吧！」

飛船回到了海水浴場上空。眼前景物依然如故：岩石、帳篷、燈火、月亮……我感到很失望。

「我們跑到遙遠的銀河系之外，結果又回到這個老地方。我本來想看看遙遠的世界是什麼樣子……」

「咱們哪裡也沒去。飛船一直是停在這裡的。」阿米笑了。

「我們明明從銀河系外面看到了銀河啊！」

「你們看到的其實是投影出來的畫面；把預估要好幾億年才能完成的運動濃縮成短

短的幾分鐘，就像你們看錄影帶時按了快轉功能一樣。」

「可是星星還在那裡啊！就在窗外！」

「我們飛船的玻璃也可以當做投影或者指引訊息的螢幕。這就好像看一部電影，只不過使用了超現實、三度空間的拍攝手法。你們根本無法分辨哪一個是真正看到的，哪一個又是被拍攝下來的畫面。你們看！」

阿米在儀表板上動了什麼，窗外的景物立刻產生變化。黑夜變成了白天，太陽正從海平面上升。一片森林出現了。我覺得那地方很熟悉。

「彼得羅，你注意看！」

這時我看到有個男人穿過樹林走過來。

「是獵人！」我驚叫起來。

上次太空漫遊時，我們到過阿拉斯加。我們去那裡的目的是會見這位獵人，那是設置在銀河系中心的「超級電腦」發出的指示；該中心負責協調所有飛船的活動。

那一次，獵人一看到「飛碟」就嚇壞了，立刻把獵槍朝我們瞄準。現在螢幕上出現的獵人也舉起槍來。

「這是一段錄影畫面。舷窗外發生的一切都會錄製下來，以後可以隨時放映這些圖像，看起來跟真實情況一樣地清晰。」

我覺得那情景不可能是錄影，因為樹林、藍天、獵人就活生生地出現在眼前。問題是，此情此景是發生在幾乎兩年前的啊。

當獵人舉起獵槍向我們瞄準的時候，和上次一樣，我很想躲起來，但是我克制住這個衝動。文卡連忙藏到椅子背後。我和阿米笑了起來。

「文卡，那只是一段錄影。你們注意看！」阿米開始操縱鍵盤上的按鈕。海灘上的夜景又出現了，然後是阿拉斯加。獵人還沒有看見我們，他正無憂無慮地走在小路上。後來他發現了我們，打算向我們開火。

「現在來看看他怎樣倒退著走路。」

螢幕上的獵人竟然倒退著往後走。

「文卡，你過來看看！這好玩極了。」

我和文卡在一旁興致勃勃地看著阿米和獵人的影像做遊戲。

「怎樣分辨什麼時候的影像是真實的？什麼時候是錄影呢？」我問阿米。

「每個生物都會釋放出能量，只要我一跟他們對話就感覺得出來。如果是錄影的畫面，就什麼都感覺不到了。」

我們又回到了海灘上空，但是這一次並不是黑夜的景觀。

「彼得羅，你注意看！」阿米對我說。

當我向外望去，幾乎不敢相信：我竟然在那裡，正從維克多的汽車裡走出來，而且看起來很開心，但最不可思議的是，處在那個當下的我居然看著我自己——我想說的是，我那時候明明有往「飛船」現在的方向看過來，但是居然什麼都沒看到……

「不，其實你看到了，但是因為你現在才漸漸能運用這種高層次的感覺，所以那時候才有看沒有到。有了這種內在的能力之後，飛船就算隱形了你也看得到。」

阿米重新播放之前銀河系產生律動時的畫面。

「如果我們都能有這些小小的本事，那麼你們想一想：我們眼前這個神氣的巨人該有多大的本領吧！」

「銀河系並不是人！」文卡斷言道。

「那麼是什麼？」阿米微笑著問她。

「是一種東西，是一群星星。它們沒有生命。」我接口道。

「怎麼會沒有生命呢？」阿米重複我說的話，好像聽到什麼荒謬的事似的：「如果有一天，你肝臟上的某個細胞從你身體裡面跑出來站在你面前——按照你們計算時間的標準來看，他的出現只是一眨眼的工夫——但是這個細胞卻對你說：你是個無生命的物體，既沒有細胞膜又沒有細胞核，真是個奇怪的東西。這個比喻你明白嗎？」

「大概吧。然後呢？」

「所以說，銀河系是一個巨大的生命體，而我們只是其中非常渺小的成員而已。銀河系是個比我們有智慧、有自覺的生命體。」

我覺得這話有些荒謬。

「你說銀河系很有智慧?!」

「如果有一個細胞跟你小手指甲上的一個細胞說，他覺得你這個人很有智慧，那麼你小手指甲上的那個細胞一定會感到非常的驚訝。因為他認為你只是個沒有生命的物體，你存在的意義只是為了創造出『全宇宙最大的創造物』，也就是他——彼得羅右手小指甲上的一個細胞。」

我不太明白阿米的解釋，但是阿米在說這些話時發出的笑聲讓我也很想笑。

他向文卡展示我們倆在奧菲爾漫遊的一些錄影紀錄。當畫面出現心靈電影院裡，人們把自己的想像投影到銀幕上的情景，文卡露出驚嘆的神情。

「你們的科學和知識水準相當高啊！」

「與你們星球的水準相比，可能要高一些。但是，我們更注重精神水平——這才是本質；其餘的僅僅是手段，不是目的。我們希望透過先進的科學技術讓人們能有更滿意的生活，但是我們並沒有忘記：最大的幸福來自於精神層面的快樂。也許有人當上了一國之君，國內科學技術發達，他也擁有極大的權力；但是，如果他的腦袋裡完全沒有精神層面的觀念，心裡完全沒有愛的話，他的生活將比路邊的乞丐還要可憐。」

「為什麼？」

「因為愛心是幸福的泉源。」

「阿米，你說得對。」文卡說著飛快地瞥了我一眼，然後害羞得低下了頭。阿米目睹了這個情景，哈哈笑起來。

「實現愛心不僅是談戀愛而已，還要生活在愛心裡，熱愛生活，熱愛自然，熱愛造物主——因為祂賜與我們美妙的生命——熱愛眾人，熱愛生命的種種形式。

「如果人們生來就擁有愛心，就算沒有很多錢，幸福也會伴隨在他們左右。如果我們一心尋找愛心，我們會找到的，甚至因此得到一切。然而，如果我們只想賺取更多財富，也許辦得到，但是卻不能同時獲得幸福，因為幸福是愛心結下的果實。」

「幸福是用愛心換來的。」文卡好像明白了阿米的話。

阿米流露出讚許的神情說：「妳說得對。幸福是藉由愛心的力量獲得的。」

我問道：「那麼愛心呢？愛心又是跟誰換來的呢？」

「問得好。文卡，妳知道答案嗎？妳知道如何獲得愛心嗎？愛心的代價是什麼？」

「我想絕對不是什麼物質上的東西。」

「當然不是。哪裡能拿鐵罐去換黃金呢！兩者是不能相提並論的。現在咱們去見一個有趣的人物。他生活在妳的星球契阿上。這個人可以為我們解答這個問題。」

「萬歲！」我興奮極了，不僅是由於即將知道如何獲得愛心，而且因為要去看另一個星球。想到這裡，心裡突然冒出一個疑問。

「阿米，我怎麼知道即將看到的星球是真實的，還是錄影？說不定我在奧菲爾上看到的一切都是錄影?」

「只要你信任別人，對別人有信心，就可以知道了。」他在調侃我呢。

「為什麼?」我感到不好意思。

「彼得羅，要學會信任別人。你在奧菲爾上看到的一切都是真實的；你馬上看到的一切也是真實的。你應該相信我。我不撒謊。」

「從來不撒謊嗎?」文卡感到好奇。

「是的，但有時對於習慣黑暗的人，不適合過度揭露光明，因為他有可能眼花繚亂甚至失明。在某些情況下，對於長期生活在光明中的人，也不適合揭露太多的黑暗面，因為他會受到極大的驚嚇。」阿米耐心地說明這個複雜的問題。

我和文卡對阿米說的話還是不大明白。

阿米進一步解釋：「過度的黑暗或光明都影響人們清楚地看到事物的面目。有時，應該給兒童講講白鸖的故事，也許你們就能了解我在說什麼。」

「白鸖是什麼?」文卡問道。

「根據契阿星球上的傳說，這是一種從魯迪斯星球上銜回嬰兒的鳥。」

「啊，那根本是哄小孩的話！」

「以後咱們再說肚子裡有粒小小種子的故事。只有等小孩長大一些，咱們才能給他說明白。」

「我也不明白！」

「你還是現在說明白吧！這個問題我是真的不明白。」文卡不放棄地追問。

阿米看著我和文卡疑惑又期待的樣子，忍不住哈哈大笑，甚至流出了眼淚；他的笑聲感染了我們。

「萬事萬物都有適當的次序和時機。要想懂得代數，就得先學會加減法。」

「我們早就學過加減法了！」文卡發出抗議。

「我說的不是那種加減法。」他抬頭看看，好像在尋找例子。「讓我們這麼說吧！為了了解『為何這些話題會引發如此熱烈的討論』的這個理論，我們要先知道相對論在說些什麼。聽到我講的這些話你們有沒有聯想到什麼問題啊？」阿米饒有興致地看看我和文卡。

我和文卡面面相覷，兩人的表情好像一個大問號。我們三人同時大笑起來。

5 丟掉救生圈

上次太空漫遊時，阿米說過：他的飛船不是在太空「旅行」，更不是像光速那樣「緩慢」。他說，飛船只要「移位」——也就是借助一種與「時空的收縮和彎曲」有關係的複雜系統——便能極迅速地到達目的地。我觀察到飛船在「移位」的時候，窗外的星星似乎拉長了體積，隨後便出現一片流動的薄霧。前往契阿途中也是如此。與此同時，我心裡在思考阿米說的，「對於不習慣光明的人們不能展示過多的光明」。

「這我能明白，」我知道阿米已經察覺到我的想法。「但是，我不能理解你另外那個說法。你說：對於習慣了光明的人，不該對他過度揭露黑暗面。」

「他會嚇死的。」文卡插了進來。

「妳明白這句話的意思？」

「不明白。我只是重複阿米說過的話。阿米，你這話是什麼意思？」

「我的意思是：如果一個人不了解生活的某種苦難，那最好不要馬上讓他接觸到，應該循序漸進才好。像是屍體。」

「那沒什麼可怕的。」文卡顯得很勇敢的樣子。

「如果是腐爛的死屍呢？」

「太可怕了！現在我明白了。」

「另外還有一種『內心的黑暗』……」

「你別那麼神祕兮兮的，把話說明白好不好？」阿米有時說話不明不白的。

「好吧。很多人自視甚高，反而看不到自己身上的缺點，儘管有些缺點是十分嚴重的。但我們喜歡批評別人的那些缺點往往也出現在自己身上。假如突然有人指出我們渾然不覺的某個缺點時，我們可能氣得要死。你們聽說過那個侏儒的故事嗎？他以為自己長得很好看，所以過得很快樂。」

「沒聽過。」

「他從來沒有照過鏡子。結果第一次照鏡子，悲劇就發生了……明白了嗎？」

我們倆齊聲說：「明白了。」

「『自我』會讓我們的心中沒有愛心，是人性裡醜陋的一面；而且它有個支柱支撐著，是個能讓它發展得更為穩固的根源。」

「這個根源是什麼？」

「就是我們身上的重大缺點。人人身上都有個重大缺點，可是它和樹根一樣，是隱藏在地下的。自己要看清自己的缺點並不容易，別人比較容易發現它。但是我們如果在毫無心理準備的情況下突然被指出缺點，就可能發生類似侏儒的悲劇。假如我們那可憐的自我突然失去了支柱，失去了讓它穩固的根源，我們會很容易死掉的……」

「我以為失去自我會更幸福，因為如此便剩下純粹的愛心了。」我說出我的想法。

「沒錯。但是對於不會游泳的人，不能突然拿走他的救生圈啊。」

「你又在裝神祕了。你到底想說什麼呀？」

「我的意思是：自我在某種生活水準上有保護作用，就像救生圈一樣；但是如果我們想提高水準，就不能老是帶著沉重的『救生圈』，而得學會游泳。救生圈固然有保護作用，也不該永遠依賴它。」

「『學會游泳』在這裡是什麼意思？」

「就是逐漸學會依據宇宙法則來生活。如果你們已經生活在愛心裡了，自然不需要什麼指導了；可是你們現在連怎樣才能有愛心都不知道，所以有必要去契阿看看。」

我問阿米是不是了解我的重大缺點。

他笑著回答：「當然了解。你的缺點比『曼帕恰』還醜。」

「比什麼還醜？」

「曼帕恰——史前時代的醜陋生物。」

文卡猶豫了好一會兒才問道：「我也有缺點嗎？」

阿米微笑著說：「當然有。如果妳沒有缺點，就不會派妳到契阿完成任務了。妳的缺點就像史前世界的小昆蟲『恰恰恰』一樣醜陋。」

「完成任務？什麼任務？」

這時我也問道：「阿米，我的重大缺點是什麼？」

這個外星頑童像個嬰兒一樣咯咯直笑。

「咱們分開來說，我不能同時回答兩個問題。先說缺點問題，然後再說每人在各自星球上的任務。」

「我也有任務？什麼任務？」

「那現在是三個問題了。」他笑著說：「現在我還不能說出你們的重大缺點，因為你們還沒做好準備，無法承受醜陋真話的打擊。我不能一下子拿走你們的『救生圈』；但是，我應該慢慢指出你們的一些次要缺點；次要缺點通常是從主要缺點衍生出來的。這個工作對於咱們三人都會很痛苦而棘手。彼得羅，不久前我曾經讓你看到你醜陋的念頭，還記得吧？」

「啊，就是那次『污蔑』。」我想起阿米那時對我的指責，仍然感到一陣惱怒。阿米又笑了。

「一般人突然被指出缺點時，為了自我保護都會產生類似的反應——認為這是『污蔑』、『侮辱』、『惡意攻擊』等；但是我們也因此意識到自己的缺點。這個缺點會從自我中分立出來，我們就可以先慢慢克服分立出來的小缺點。一旦我們發現並承認自己有某個缺點，就可以試著去改掉它，雖然有時承認的動作要花一點時間。」阿米望著我說道。「這樣我們就能漸漸接近最主要的缺點，同時也學會怎麼『游泳』。」

文卡不耐煩地說：「現在，說說任務的事吧！」

我不大明白阿米說的什麼缺點和自我，但是我直覺地感受到他又在攻擊我了。這讓我不大高興。

阿米已經捕捉到了我的想法，他解釋說：「我說的話可以套用在任何人身上，不僅僅專指彼得羅一人。」

「現在該說任務的事情了！阿米，我們有什麼任務？」文卡再次提醒阿米。

「我曾經要求你寫一本書，對嗎？」

我和文卡同時回答：「是的。」然後驚訝地問對方：「什麼？你也寫書？」

「你們倆各自都寫了一本與我相遇的書。」我們吃驚的表情讓阿米顯得很開心。

「你的書名叫什麼？」我好奇地看著文卡。

「《星星的小孩》。」她回答。

「這根本就是抄襲！」我生氣地大喊。阿米在一旁笑彎了腰。

「為什麼？」文卡無辜地望著我。

「因為這是我的書名，是我寫的書。」

「這實在太巧了！那你的書內容是什麼？」

「說的是我和阿米相遇的故事。還有我奶奶……」

「我講的也是與阿米相遇的故事。可是我沒有奶奶。我去過德瓦斯坦，那是個文明發達的世界。我去過魯科納、菲路斯和一個星球，它的顏色是……」

「先別說話！」阿米打斷我們。他聽到了儀器的鳴叫聲。紅燈在閃爍。

「紅色警報！棒極了！」

「警報響起有什麼好開心的？這是什麼意思啊？」文卡很害怕。

「這表示要發生地震了。機會難得啊！」

「有地震？」我十分不安地問道。

「是的。地球上有地震。但是我們會減輕震度。來吧！我希望你們看看地震的情況。現在咱們回地球，看看我們做了哪些保護措施。然後再去契阿。」

「這麼說，你們能避免地震的發生？」我好奇地問。

「有些地震可以，有些時候可以；你會看到的。宇宙友好同盟中的許多飛船都加入這種保護工作的陣容。」

「什麼宇宙友好同盟？」

「文明發達世界所組織的宇宙友好同盟。」阿米一面回答，一面操作指揮儀。

我撓撓頭皮。文卡困惑地說：「越說越複雜了。」

「這很自然。第二次旅行就是為了給你們上更高級的一課，好完成你們的任務。但是我們會一點一點地進行。

「你們應該知道：你們的原籍並不是你們出生的星球。妳，文卡，並不是契阿人。你，彼得羅，並不是地球人。」他說這番話時，我們倆驚訝地面面相覷。

文卡抗議道：「不可能！我出生在契阿，我有出生證明。克羅卡姨媽說，她給我換過尿布。」

「我出生在地球。我奶奶……」

阿米滿面笑容地打斷了我的話。

「不錯。你們是分別出生在契阿和地球。但是你們的原籍不在那裡。」

「這說不通。如果某人在某地出生，那他的原籍就是出生地。」

「不一定。雖然你們出生在文明不發達的世界，但是你們的靈魂卻來自和諧友愛的文明世界。你們到那些不文明的星球上，僅僅是為了完成一項任務罷了。」

6 神聖任務

我和文卡剛從驚訝的情緒中回過神來，阿米繼續說著：「你們的星球上很快就要發生令人難過的事情。」

「阿米，是什麼事情？」

「許多地質變化、氣候變化、生物變化、蟲害、水災等等，還有各種傳染病。但是心靈純潔的人是不會得病的。」

「發生這一切的原因是什麼？」文卡睜大了眼睛。

「原因有兩個：第一，科學技術以摧毀的方式應用於大自然，造成了嚴重的失衡現象。此外，人類發出的負面心態輻射線積累在包圍著我們星球的心理能量氣層上；這一切嚴重影響地球和契阿星球上的居民。第二個原因與人類的行為沒有關係，而是與你們星球的自然進化過程有關。」

文卡對這個話題失去興趣了。

「阿米，我是從哪個文明世界來的？」

「咱們分開來說。我先說明剛才的第二個原因。星球進化的過程本來應該是自然發展的，結果由於人類自私的情緒、想法和行為，而提前加快了成熟速度。為了進化而產生的改變本來應該是舒緩的，但卻有可能變得暴烈，具有破壞性，除非人們從現在開始遵循宇宙和諧的原則生活。為了減少人員的傷亡和整個宇宙的損失，我們還有很大的努力空間……」

「你是指世界末日嗎？」

「也可以是新的開始。這取決於人類自己。如果你們不能戰勝這最後的考驗、改變現狀，那就是末日，就是自我毀滅。相反地，如果你們團結起來，開始按照宇宙法則生活，那麼有可能是真正天堂生活的開始。」

「為了避免這兩個星球毀滅，你們何不幫助我們一下，那費不了你們多大力氣嘛！」文卡似乎在責備阿米。

阿米笑著回答：「我已經給你們解釋過為什麼我們不能大規模地直接干涉，因為這是宇宙法則所不允許的。你們願意讓一個比較優秀的學生代替你們考試嗎？」

「這主意妙極了！那我就用不著念書，還可以拿高分，而且……」我興奮起來。

「那可是欺騙。」文卡看了我一眼。

「而且，就算你順利升了級，可是你什麼也沒學會，你和同學之間的差距會愈來愈遠。還有，你會失去藉由自己的努力而獲得成功的成就感。」

「阿米，你說得對。」我不好意思地說。

「的確，如果事事要你們替我們做，那是很不好的。」文卡明白阿米的意思了。

阿米說：「我們也不該什麼事情都不做。大人不能眼睜睜看著孩子向懸崖跑去，卻不伸手援助他。我們不能捆住他的手腳，但是我們可以提醒他：那條路是危險的。這恰恰是你們現在所要完成的任務。」

「我不大明白。」我說。

「我明白了。」文卡說。

「那請妳替我解釋一下。」

「我們的任務就是要去文明不發達的星球上現身說法，幫助他們避免自我毀滅。」

阿米喊道：「好極了，文卡！妳是怎麼知道的？」

「我也不知道。」

「這就是我對你們說過的『感覺』。有些事情是可以預先感覺到的；只要有兩三項線索，就可以明白整件事情。」

「那麼，我是從哪個世界來的呢？」文卡繼續追問。

「這並不重要。回到過去毫無意義，現在這一刻才是神奇美妙的。」

「可是我很想看看我原來的星球，我真正的故鄉……」

「當愛心向我們揭示出生存的意義時，整個宇宙都是我們的家園，所有的人都是我們的兄弟姊妹。你們是和平使團的成員，任務是回到各自的星球上去，在改造你們的星球、使之文明化和人性化的任務中發揮支援和聯繫的作用。此外，你們還得協助它變成和平、友誼、歡樂和充滿愛心之地，如同文明宇宙的其他地方一樣。」

「我一想到特裡人，就覺得在契阿星球上不可能實現這個目標。」一道陰影遮蔽了文卡的目光。

「誰是特里人？」我問道。

阿米解釋說：「文卡生活的世界有兩種人；一種是斯瓦瑪人，也就是文卡所屬的種族。另外一種是特里人。特里人又分為兩派；一派叫瓦克斯，一派叫松波斯，兩派長期爭戰。特里人是相當好戰的種族。」

文卡生氣地痛斥道：「特里人不是人！他們不過是有知識文化的猴子！」

「什麼是有知識文化的猴子？猴子怎麼會有知識文化呢？」我不明白她的話。

「他們很聰明，可是沒有好心腸。他們個個欺瞞拐騙、不知廉恥、不說實話、不講道德、惟利是圖、橫行霸道！」看來文卡是氣壞了。

阿米聽了她這一番話，哈哈一笑道：「瞧妳罵得可真痛快！這樣說自己兄弟的壞話是不應該的。妳應該理解他們，而不是指責他們。並非所有的特里人像妳說的那樣。有些人甚至超過七百度。」

阿米指的是「進化水準」。他有一台「進化測量器」，可以測出任何人或動物的進化程度。他說，達到七百度的人，在發生無法抗拒的災難時就可以得到外星人的營救。因為達到七百度就是相當不錯的好人了，有資格生活在文明世界裡。

那一次，阿米不肯透露我有多少度。他說，如果我知道自己的進化水準低下，我會失去生活的勇氣；假如水準很高，我可能會驕傲。而一個人如果變得很虛榮，自我就會膨脹，水準就會下降。

我對特里人的話題不感興趣。我還是想知道自己有多少度。我極力想從阿米口中套出一些話來。

「那麼我和文卡的度數應該高得驚人了？」

「彼得羅，何以見得？」

「因為我們來自文明發達的世界啊。」

「我上次就對你說過，你們地球上很多人的進化程度比我還高。區別在於，我知道的事情，他們不知道；他們沒有在良好的環境裡受過教育，也沒有獲得足夠的知識，但是他們仍有很高的精神水平，這不一定非得來自文明世界。像你們這樣擔負任務的使者，在前幾世的生命中都曾犯過一些違反愛心的錯誤。因為必須透過提供服務來彌補之前犯下的錯誤，所以讓你們自行選擇能夠執行的工作，以便藉此改過立新。你們自己選擇了要完成目前正在進行的任務。」

「我犯了什麼錯誤？」我和文卡異口同聲地問道。

「是什麼錯誤已經無關緊要。無論自己的錯誤還是別人的錯誤，不要總是盯著過去。如果你們努力完成自己承諾的任務，你們仍然是光明磊落，令人欽佩的。等到你們結束任務、幫助自己的星球實現了文明化、避開了毀滅的災難之後，仍然可以回到充滿友善情誼的美好世界來。」

我說：「地球上沒有特里人，可是我覺得這任務不可能完成。我們能做什麼呢？」

「並不像你所想的那麼難。首先，即將發生的重大事故會使許多人明白再也不能這樣繼續下去了。其次，積極渴望變化的人們占了大多數，他們只是需要指導。另外，像你們這樣肩負使命的人有成千上萬。」

「有成千上萬！」

「這可說是一場真正的『外星人入侵』，但目的是為了尋求宇宙和平。四面八方都有外星人，各個公司行號、傳播媒體、機關單位……每個地方至少有一個外星人。」

「真是難以想像！」我和文卡驚叫起來，因為我們一個外星人也不認識。「怎樣才能認出誰是外星人呢？」

「只能從他們做的事情來判斷，通常可以經由執行的工作來辨別他們的身分。擔負任務的使者總是會謹守自己的崗位，幫助需要幫助的人。」

「有沒有什麼辦法可以從外形上辨認他們？」

「沒有。因為當大家說到他們時，只會著重於他們執行的任務和成果，不會談論他們的長相。」

我問道：「有條法律不是說禁止干涉不文明世界的事務嗎？這麼多外星人前來援助難道不犯法嗎？」

「其實就某種程度而言是被允許的。而且，就另一方面來說，你們也不記得以前曾擁有的知識，至少在有意識的時候是這樣。」

我把一切想了又想，覺得我不可能來自一個比地球還要進化的世界。

「阿米，你說我來自一個文明的星球。可是我在奧菲爾上看到的人們比我高級多了，而且我承認我有許多缺點。」

「好啦，因為你有個缺點比狒狒還醜，」阿米笑著說：「另外，不文明的環境讓你變得更加畸形。不過你現在為他人義務勞動，會使你逐漸恢復甚至超過原來的水平。你會慢慢地驅逐心中如豺狼虎豹的壞念頭。」

「什麼是狼？」文卡問道。

阿米回答說：「一種像『丘狗』一樣的動物，可是身上有毛，而不是羽毛。」

「什麼是丘狗？」我傻乎乎地問道。

「一種像狼一樣的動物，但是有羽毛。」

阿米一面回答一面大笑起來。

7 少校

窗外出現了熟悉的地球景觀：藍天、白雲、海洋、森林和沙漠。隨著飛船快速地降落，地球在我們面前迅速放大開來。因為現在是晚上，所以我們全都浸在一片黑暗裡。

陸地上有許多光點，那些是城市的所在地，不過我們所處的空間是「倒反的」——這些城市出現在我的「上面」，而星星卻在我的「下面」。儘管如此，坐在飛船內部，我覺得真正在我「下面」的還是船艙的地板。

阿米解釋說：「這是因為船艙裡面有人造引力才會這樣。我們現在要去拜訪一些朋友，看看他們如何預防大地震的發生。」我們在映照著月光的海面上飛行著——或者應該說是在「海面下」比較恰當，因為我們仍身在「倒反的」空間。

我看到了遠方一座海岸城市的燈火。阿米望著斜前方的螢幕說道：「這裡就是入口。」飛船鑽進入口。窗外一片漆黑。

「向深處前進！你們看這個螢幕，可以看得清楚些。」

像上次漫遊一樣，我們前方的螢幕清楚地顯示出周圍的景物，即使外面的世界被黑暗所籠罩。

阿米調整了飛船的方向。我覺得我們是在沿著地面飛行，可以看到下面有群山和谷地。後來，當我看到我們偶爾與地上的「鳥類」擦肩而過的時候——也就是說，與小魚、鯨魚、沙丁魚群相遇的時候——我才明白：我們是在海水下面行進呢。但是看上去一切都是透明的，如同在空氣裡一樣。

文卡說：「阿米，這裡真漂亮！」

「對於懂得欣賞的人來說，一切都是美麗的，時時刻刻都是美好的。」

這時，在遠處最裡面的地方出現了一個長形物體，就像一根橫擺的雪茄。隨著飛船的靠近，它在我們面前迅速放大開來。我發現這是一艘宏偉的太空飛船，它停留在海底待命。這是個令人印象深刻的龐然大物，看上去好像一座巨大的城市。我們靠近它身邊時，它顯得如此之大，幾乎看不到它的盡頭，因為遠處變得十分模糊。大飛船上有成千上萬個明亮的小窗戶，看起來至少有十幾層船艙。

文卡注視著大船，一面驚呼：「我的天啊！這是什麼東西啊？」

「這是一艘供應船，是參加援助地球任務中最重要的船隻。它是因為某種特殊原因才沉入海底的；按照正常情況，它應該懸浮在空中。這是一種類似『航空母艦』功能的飛船，只不過運載的不是戰鬥機，而是太空飛船。它可以收容幾百萬人。它必須駐守在這裡，因為誰也不知道什麼時候會需要營救大批的人群。少校是為了執行援助計畫而到地球漫遊的，他長期生活在這艘飛船上。咱們去看看他為什麼在這裡停留。」

阿米啟動了一個按鈕。螢幕上出現了一個男人的面孔。我想他一定不是地球人，因為他的外表令人想起一些偉大導師的形象，面部的線條也比長住在地球上的人要漂亮許多；光是從臉上就可以透視他寧靜、平和、幸福、和諧、溫柔的心境。就是在奧菲爾星球上，我也沒有看過像他這樣的面孔；但是從臉型上看，他就像一個真正的地球人——除了那對特別大、充滿善意的眼睛之外。

我馬上對這個男人產生了好感。

「我替你們介紹一下：這是咱們的兄長，少校。」

螢幕上那個男人用一種奇怪的語言向我們問候，我們從耳機裡聽到了這段話的翻譯：「文卡和彼得羅，歡迎你們來到飛船上。我負責監督援助地球計畫的實施。」

我和文卡十分膽怯地說：「很、很、很高興認識您。」

他面帶微笑地說：「熱烈歡迎你們到我的住處來。」

我從窗口向外望去。我們正在從大飛船下方接近它的一個入口。隨後沿垂直方向進入飛船。我們駛進一個不大而乾燥的空間，有一些和阿米這艘一樣的小飛船也停放在那裡。就在我們緩緩停靠的時候，身後有一道閘門關閉了我們剛剛進來的入口。

「咱們下去吧！」阿米站了起來。

「咱們要離開飛船啦？」

「當然。咱們去見少校。」

我本來有一大堆問題，但是來不及問，因為阿米拉著我們向出口走去。艙門打開了，眼前有一座梯子。沿著梯子下去的同時，我發現我們的飛船是停放在一個三條腿的支架上的。這是我第一次乘飛船「登陸」，在此之前飛船都是停留在空中。

我們向一道門走去。走到門前，它自動開了，眼前出現了一道明亮的長廊。天花板很高，是圓弧形的，牆上有對準天花板投射的照明燈光，光線是柔和的奶油色。地面由類似橡膠的柔軟材料做成，也同樣有專門的照明燈光，投射出漂亮的淡藍色光線。兩邊的牆壁似乎是一種不透明的柔軟金屬製成的。再加上牆上有幾個巨大的門，便是整條長廊的全貌。有些門上寫著我不認得的文字。

阿米解釋說：「這是宇宙友好同盟使用的語言。」

「我以為每個星球會有自己的語言呢。」

「是的。但是為了便於交流，我們有一種共同的語言，特別是經常使用這種語言的書面形式。這是一種人造語言，我們從小就得學習。對我們來說，書寫這種語言比聽和說容易。」

「為什麼？」

「因為不同人種的舌頭、喉嚨和聲帶構造是不同的。有些人發某些聲音是比較容易的，而對於另外一些人就比較困難。比如，中國人就很難發出帶R的聲音。」

文卡問道：「誰是中國人？」

「我們地球上的民族。他們的眼睛就像這樣……」為了讓文卡明白，我把眼睛拉成細長的丹鳳眼。

文卡評論說：「真漂亮！」我們三人一起笑了起來。

我們來到了長廊的盡頭，面對著一扇大門。門開了，原來是電梯。我們走了進去。我找不到按鈕，只見阿米喊了聲：「少校！」電梯門就關閉了。電梯發出一陣輕微的顫動，開始上升。過了一會兒，我發現電梯竟然沿著水平方向前進。看來它是個可以向四方運行的交通工具。

「這艘飛船會放出一種射線，能消滅空中或地面的病菌，避免你們身上的細菌傳染給大船上的其他乘客。另外，在進入某個友好同盟的星球之前，都必須先消毒才行。」

電梯的門開了，但不是我們進來的那扇門，而是我們身後的那扇門。眼前出現了一間漂亮的客廳，就像夢境一樣美不勝收。客廳裡裝飾著各種類型和顏色的自然植物。我沒有想過太空船上也有植物。

客廳裡有許多不同強度的光線投射出來，但是並沒有看到燈。在光線的照耀之下，室內染上一片亮黃色的色調。客廳裡有幾個小隔間是用玻璃屏風隔開來的。我看到在其中的一個隔間裡有座噴水池，上面有一道水流像瀑布般傾洩而下，嘩嘩地落在池底的石頭、苔蘚和海藻植物上，一些我從沒見過的魚類和小動物在水裡悠游嬉戲。

「哇，好美麗啊！」文卡掩飾不住興奮的心情。

阿米解釋說：「文明進化的心靈需要美麗的環境。沒有什麼能比大自然更美。」

阿米領我們走進客廳。而之前在螢幕上跟我們打過招呼的那個男人——少校——正站在左手邊不遠處等著我們。在他身後，我看到一扇大窗戶。窗外是一條小溪，溫柔地從石頭和植物之間潺潺流過。遠方，一輪藍色的夕陽漸漸落到山後去了。我不知道這是不是建造在飛船大廳裡的人工景物。後來，阿米告訴我們，少校喜歡回憶家鄉的風景，因此他把家鄉的景物投影到大窗戶上。

少校穿著白色的衣服，和阿米身上穿的很像，但是更為寬大，以至於他的脖子和胸前的肌膚都沒有被包住。他的身高至少有一百九十公分，渾身似乎散發著光芒。

阿米領著我們來到少校身邊。我滿懷著羞愧、崇敬、恐懼的心情。因為在阿米的提示下，我知道自己有許多缺點；而眼前的少校卻是正氣凜然，心地光明。

少校柔和而又平靜地說：「『比較』有時可以幫助我們，有時也會傷害我們。」

他跟阿米一樣也能捕捉別人的思想，而且更精確！

文卡面對著少校，早已進入一種精神恍惚的狀態。她走到少校跟前，抓住他一隻手親吻起來，並且打算跪下。

少校拉住她的胳膊說道：「別這樣！我跟妳一樣，也是為別人服務的，是妳的兄弟，也是熱愛神的人。人只能在神面前下跪。」

這番話讓文卡感動得熱淚盈眶。

他又說：「人總是有高下之別。比我們高尚的人，我們應該聽從他們的勸告；比我們低下的人，我們應該引導他們。像我就是在完成兄長交付的任務。」

阿米解釋說：「『高尚』和

『低下』在這裡的意思就是進化水準的高低。」

少校走到一個線條設計非常流暢，現代感十足的家具旁，看起來好像是他專用的「宇宙辦公桌」。他在桌子前坐下來，說道：「我降落到這個星球上的唯一目的就是建立與你們的聯繫。」

那時，我沒有領悟到少校這番話的意義，也不明白這一偉大事件的意義：他在指揮一個外星人發起的重大行動。他們降落到地球上，駕駛著一艘比城市還大的飛船，上面可乘坐幾千甚至幾百萬人，但是卻僅僅為了跟兩個孩子建立聯繫。

阿米這時插話說：「你們要把少校的話帶到各自的星球上去。他下面要講的話既對地球有用，也對契阿有用，因為少校一直與指揮援助契阿行動計畫的兄長保持聯繫。這兩個星球目前的形勢是相似的。」

少校開始講話。

「就像之前告訴過你們的，這項協助自己星球進化的宇宙計畫規模龐大，而你們都是其中的一分子。還會有很多擔負任務的使者一起加入，其中有些人目前雖然參與其中，卻絲毫沒有意識到自己正在執行任務；另外有些人則是很清楚自己在做些什麼。

在其他進化程度比你們高的星球上，也有一些伙伴負責同樣的援助任務；最後，還有一些進化程度更高，靈魂不必寄居在肉身軀體中的伙伴們，也和我們有密切的合作關係。大家都是日夜工作，甚至不惜奉獻生命，直到神召喚我們到另外的崗位上為止。對於這項無私奉獻的工作，我們只求良心的安慰而已。我們的動力就是愛心。

「你們應該明白：非常重要而深刻的變化即將到來。我們目前被允許做的事情是為了避免變化發生後產生負面影響；其餘的事情就應該由你們自己來完成了。

「你們必須了解這一點：在宇宙中，支配生命流動的是『造物者精神上的力量』，其核心就是愛心。如果你們不依照愛心的原則生活，那就是違背了宇宙自然發展的方向，因此無論是個人生活，或是社會及國際關係都將不得安寧。由於你們大多數人不了解宇宙法則，使你們現在處於痛苦的境地，而且有可能導致全面毀滅。

「現在我們的足跡已經遍布各個角落，目的是希望讓更多人獲得啟發。我們會持續發送帶有教育和指示性質的訊息。有些人雖然接收到這些訊息，卻因為本身的信仰而扭曲了原意；這種情況我們實在無法避免，也會讓我們感到困惑和氣餒，但是隨著時間的推移，我們的工作一定會獲得更好的成效。我們也鼓勵人們創造文學、音樂、電影等其他文化表現形式。我們將盡一切可能傳播文化，因為文化是愛心的種子，可以幫助人們覺悟，也是為了『大團圓』做準備。」

這時，阿米插話解釋「大團圓」的意思：「你們不會長期與宇宙中的其他兄弟分開的。一旦你們放棄那種非正義、充滿暴力、忽視宇宙的領導與愛心的生活，有朝一日一定會進入宇宙友好同盟中來，與大家『團圓』。」

我想起地球上那些行走在大街上神情漠然的人們，心裡想著：「大團圓要等五千五百年吧！」毫無疑問，少校「聽」到了我的心聲。

「如果沒有發生什麼特別情況，這個過程可能要延續幾千年，或者永遠沒有實現的一天；但是將來會發生一些用任何理論都無法解釋的現象。到了那個時候，你們一定要記起我們說過的話。其實從以前到現在，一些有遠見的大師們也表達過同樣的看法。你們應該明白：能夠讓你們擺脫迫在眉睫的毀滅的唯一辦法，就是承認愛心的普遍規律，就是在你們生活的各個領域服從這一規律。我們會營救那些按照愛心行事的人們。『麥子』和『稗子』一定會分開的。

「我們現在為之效力的計畫是神聖的，是造物主以永續生命為考量而提倡的主張。

我們便是這一計畫的執行者。」

少校站了起來。

「親愛的孩子們，我的話說完了。現在，我把你們交給上尉，他領導這項避免地球大規模犧牲生命而進行的工作。」

這時，上尉走了進來。他的衣著跟阿米一樣，但沒有少校那麼高。

上尉說道：「我請你們看看我們是如何減少地震影響的。請跟我來！」他熱情而親切地給我們帶路。

少校把他的大手放在我們的肩膀上，一面說道：「願神與你們同在！請記住：神在守護著你們。永遠不要害怕！我們會讓你們擺脫任何危險的。但是不要濫用神的保護，不要違反自然和謹慎行事的法則。如果犯法，那我們就無能為力了。別忘了把我的話記錄在你們的書中。

「本來我們也可以通過飛船上的揚聲器傳播訊息，也可以進入你們的電台和電視台，讓你們星球的人們看到我們的面貌；但是現在不允許我們這樣做。我們只能透過某些方式來傳遞友善的宣言，而地球上的人類唯有透過內心感應才接收得到；你們應該好好發展這種能力，才能提高進化的程度和拯救自己。這就是另一個阻止我們公開和大規模地露面的主要原因之一。你們好好想想這個道理。」

少校在電梯門口與我們告別。他最後說了這樣一番話：「我親愛的兄長委託我轉達他對一切受苦受難的人們的極大愛心。他希望大家知道：從人類出現起，他就一天也沒有休息；他要工作到人人都過著和平、幸福的生活為止。你們也不應該休息，因為大家都是我兄長的手足。朋友們，回頭見！」

8 地震防治計畫

走出電梯，步行過一段通道之後，一扇門在我們面前開啟，上尉的大型飛船出現了。飛船有幾層窗戶。我看到窗戶裡面有人影晃動。飛船停放在巨大的三角架上，入口在船體的下半部。我們在龐大的船體下部走著，我和文卡不時向上張望。最後我們來到旋梯旁邊。第一個踏上旋梯的是上尉；他一踏上去，旋梯就運動起來，好像是電動的一樣。等到我們都踏上去以後，運動的速度加快了許多；到了逐漸接近飛船內部時，旋梯慢慢停了下來。

進入飛船後，上尉對我們說明：「指揮地震防治工作就在這裡進行。還有其他上尉駕駛著飛船擔任別的任務。」

我們進入一間客廳，發現裡面已經坐著一些不同種族的人。大家都對我們微笑，可是沒有人開口說話。阿米發現了我的疑惑。我們走進電梯時，他說：「智力總是催促我們說話，儘管說出有價值內容的時候很少。客廳裡的這些人更能察覺到真實的情況；他們不常使用智力來分析事物，而是運用層次更高的心智功能來感應一切。另外，我們也開發了心靈感應技術。」

「可是你跟他們不一樣。」我說。

「你指的是什麼？」阿米問。

「我說的是你跟我們一樣，話說得很多。另外，你很愛笑，他們卻很安靜。」

阿米並沒有因為我這番評論而不高興，反而笑得更厲害了，逗得上尉也微笑起來。接著，阿米對我們說道：「首先，我得適應你們的要求。你們之中有誰能用心靈感應術說話？其次，我早就說過，我的進化水準與你們相當。另外，我來自一個人人喜歡遊戲的星球。我們屬於頑皮精靈類的人種，但是我們從來不傷害別人，我們熱愛行善。」

「那麼，為什麼是由你來教育我們？為什麼不是一個進化水準更高的人來指導我們？」文卡的語氣頗為失望。

阿米又一次笑起來。上尉在閱讀一些手冊，不太注意我們的談話，但是我似乎察覺到他的嘴角掛著一抹淺淺的微笑。

「是不是要一個像少校的兄長那樣的人呢？」阿米在調侃文卡，但是文卡目光炯炯地說道：「為什麼不呢？」

這時，上尉的目光從手冊中移開，笑著看看文卡，表情有些驚訝。阿米又一次大笑起來，然後說：「要想有資格接受這樣的人指導，必須具備少校的心理水平。」

「這我明白。」文卡說道：「那麼，像少校這樣傑出的人物為什麼不能成為我們的導師？」

這樣的對話讓阿米充滿興致。他面帶微笑地問道：「在少校面前，你們是不是感到通體舒暢？是不是全心信任他，願意向他傾訴心中的不安，就像你們對我說的那些話一樣？你們真的理解他的話了？或者說得明白些，你們理解我的話了？」

文卡露出得意的神情。

「少校的話，我都能充分理解。在少校身邊，我感覺彷彿身在另外一個世界。」

「少校說了什麼？」阿米的目光露出了調皮的神情。

文卡回答說：「嗯，他說，我們應該行善……為的是上天堂……」

阿米笑著問我：「少校就說了這些話嗎？」

「是的。他還說，世界末日要來了。但是我們表現得好的話，他會拯救我們……」

上尉這時終於放下手冊了，他溫柔地摸摸我和文卡的腦袋。與此同時阿米解釋道：「看到了吧？你們僅僅理解了少校講話內容的千分之一。電力太強大的時候，就需要變壓器；假如把電視機直接插到高壓線上，那電視機就要燒壞了，因為它無法接收高壓電。對於你們來說，少校的水準太高了，所以你們不能完全理解他的話。相反地，同樣的內容，我能用你們理解的方式說明白。這次旅行是為了讓你們寫另外一本書，把目前經歷的種種事情記錄下來，可是你們卻沒有好好記住少校講的話。因此，你們在寫書的時候，我和其他人會以心靈感應的方式與你們保持聯繫，使你們有清晰的記憶力。」

電梯門打開時，上尉介紹說：「這是指揮部。」

我們走進一個大房間，裡面有許多來自不同星球的人在工作——這是從他們的長相上判斷出來的。房間裡擺滿了各種螢幕、設備和儀器，儀表板上的按鍵還會發出亮光。有些人匆匆瞥了我們一眼，並不覺得好奇或疑惑。看來，他們已經習慣接待來自四面八方的參觀者，不管是文明世界或不文明世界的人。

上尉一聲令下之後，飛船便啟動了，先往上升高了幾公尺，然後緩緩地向一側移動；接著沿海灣下降，進入水中。

我們離開供應船已經有幾公里遠了。這時，驚人的景觀映入眼簾：海底出現了一個巨大的黑洞，而飛船載著我們逐漸鑽進洞裡。黑洞又深又大，足可以裝下一座山。四周都是黑色的怪石，面貌猙獰，十分可怕。我們逐漸向地心前進。到了底下更深的地方時，這條巨大的裂縫漸漸變成一個圓形隧道，洞壁幾乎是光滑的。隧道十分寬敞，飛船可以安全地通過。我覺得這好像是人為的建築工程。

「彼得羅，你想得沒錯。這條隧道是我們的工程師建造的，它通向大陸板塊危險碰撞的地區。」

文卡問道：「板塊？什麼是板塊？」

「每塊陸地都堆疊在由眾多岩石組成的『木筏』之上，這就是所謂的大陸板塊。它們以非常緩慢的速度移動著；有時向相反的方向漂流，有時互相推擠，比如這裡就是這樣。很快地，互相推擠所產生的力量累積下來就發生這樣的情況：某個板塊會在某個地方產生斷裂現象，連帶造成岩石破裂。板塊斷裂產生的震動傳到地面上就造成了地震。而我們現在就要去減少地震造成的災害。」

逗留在地震發源地實在太可怕了，更何況又是在地球深處，處於震央中心，上下左右都是岩石啊！

看到我害怕的神情，阿米忍不住笑起來。

「這艘飛船可以承受你想像不到的壓力。」

飛船沿著隧道行駛了好長一段路程之後，隧道變得寬敞許多。眼前出現了一個神奇而意外的場景：我們來到了一座規模巨大無比的拱形岩洞裡。那裡大概停放了五十艘太空船，個個都被燈光照得明亮，懸浮在這宏偉的海底岩洞裡。

上尉解釋說：「我們要在大陸板塊碰撞點上釋放一種可以粉碎岩石的能量。這會緩解壓力。地面上仍然會發生地震，但是強度很弱。」

我們從這些飛船中間駛過，它們的體積比我們的小，最後我們把船放在海底岩洞裡，一個專門停放這種太空船的位置。

聽了一個長著雞蛋形腦袋（這麼說不是對他不尊敬，而是因為那個人的皮膚真的很白，腦袋就是雞蛋的形狀；頭頂尖尖的；而且一根頭髮也沒有）的操作人員給的意見之後，上尉打了個手勢，看起來應該是下了某種命令。然後，立即有好幾道綠色的光束射向高處，都是從圍繞在四周的飛船發射出來的。在光束往上投射的同時，我們覺得飛船的地板也跟著強烈地晃動。

「你們看看那些屏幕！」阿米指著由好幾個小螢幕組成的大螢幕說道。船上有很多人都盯著螢幕看。我們看到上面出現了各有不同特色的村莊、城市和鄉村的景觀，甚至有些人家的住宅內部也看得到。居民們還在睡覺呢。

「住在這些房子裡的居民也參與了協助自己星球進化的宇宙計畫。我們應該要保護他們。」

「他們知道自己也是其中的一分子嗎？」

「他們要是知道的話，早就躲到戶外去了。我們曾提醒過他們會發生地震，可是他們至今仍不知道自己是參與任務的使者，也不知道將來或許會成為其中的一員。地震要發生了。你們注意觀察！用不著害怕。」

這時，綠光變成了黃光，然後是刺眼的白光。突然，傳來一聲震耳欲聾的轟鳴聲，好像是地底下有幾百萬個岩石發生了碰撞。我從螢幕上看到了地震的威力：電線桿在搖晃，樹木撼動著枝葉，人們紛紛跑到大街上；與此同時，一座碎石小山朝我們的飛船傾洩而下。

文卡害怕極了，一把抓住了我的胳膊。我也非常害怕。可是阿米安慰我們說：「不用擔心！不會發生什麼意外的……你們看，地震過去了。」

地震和轟鳴聲已經停止。可是從舷窗望出去，外面一片漆黑，難道飛船整個被碎石掩埋了?!

「咱們怎麼逃出去啊？」文卡心有餘悸地問道。

「雖然太空船的周圍都是碎石頭，我們還是出得去。」

上尉來到文卡身旁，撫摸著她玫瑰色的頭髮說：「別害怕！永遠不要害怕！我們就是為了保護你們這樣的好人而來的。祝賀你們。你們正在善盡自己的任務：把信息傳播給大眾。現在你們應該繼續這項工作，把你們看到的一切寫出來。以後，我們還要交付給你們新的任務呢。你們現在做的事情是為了讓人們明白愛心的普遍法則，明白我們的存在和我們對人類的支援。你們要有信心、勇氣和力量！因為在你們的星球上會有越來越多我們的朋友。拯救世人的知識之門已經開啟，因此，當人們面臨困頓時，就能藉助它的力量來克服困難；而藉由這扇門的開啟，也有助於散播愛心——這個永恆的真理。安心工作吧！我們會隨時給你們指導，提供保護和支持。」

上尉講完以後，一轉眼我們的飛船已經離開了岩洞和隧道，我搞不清楚是怎麼辦到的。我們沿著裂縫返迴海底，因為岩洞的位置比海底還要深。

阿米說：「儀表板上顯示，積蓄的能量還剩下很多。明天還得重複今天的行動。有時候需要工作幾個月，不斷地引發一些小規模的地震，以便漸漸釋放能量，不然的話，如果讓能量在一次地震中完全釋放出來，將造成可怕的大災難。很多時候我們並不能避免大地震的發生，所以，我們會先引發許多小地震，然後做整體估算，為的是讓不可避免的地震在假日發生，我們所要保護的城市中心就不會聚集著大量人群了。」

那艘巨大的太空船出現了。我們駛入船內。

我們依依不捨地告別了上尉。隨後，阿米把我們領到他的飛船裡去，離開了巨大的供應船。

阿米說：「接下來，咱們要在一艘船對面浮出海面。」

9 進化到「孩子」的境界

一艘貨船的燈光從五百公尺外的海面上投射過來，把飛船的一側照得雪亮。

阿米指著螢幕說：「看看船員的面孔！」

駕駛船隻的船員神色驚惶，其中一人舉起了槍。

阿米的目光中掠過一絲悲傷的陰影。

「水準低下世界的人類就是如此，一心只想以暴力威迫他人。他以為所有物種的生存法則都和地球一模一樣。他們無法了解地球上之所以生活艱苦，是因為地球和它的居民進化程度都不太高，並非整個宇宙都是如此。不過，宇宙裡的每個人都可以生活在自己想像的天地裡……」

那個持槍的海員開始向我們射擊。我們並不害怕，而是為這個人蠻橫的態度感到難過。他不問青紅皂白就向我們開火，儘管我們一心想要協助他。

槍聲不斷，我由難過轉為憤怒。

「阿米，面對這樣的壞蛋，你難道一點都不想發射可以摧毀敵人的射線，把那個傢伙變成一具空殼子嗎？」

阿米哈哈一笑，隨後解釋道：「好啦，你們都知道我的進化程度不如少校，有可能在一瞬間我心裡閃過這樣的念頭，這是殘餘動物性的反映。但是我想到進化程度不高的人類就跟孩子一樣，大人應該原諒一個手持玩具槍的兒童做出的挑釁行為。」

「我不明白。」文卡說：「上次漫遊時，你說進化程度高的人們就跟孩子一樣。現在你又說，進化程度低的人跟孩子一樣……」

「在螺旋式的進化過程中，從這個『孩子』進化到那個『孩子』的境界，剛好是一個完整的進化過程。明白嗎？」

「一點也不明白。」

「『智者寡言；愚者寡言。』但是二者之間有漫長的進化過程的差異。明白嗎？」

「還是不明白。」

「『孩子』這個名詞可以用來形容任性、固執、急躁、易怒、粗心、會做出傷害他人的惡作劇的人。在這種情況下，『孩子』就是指進化程度低的人。同時，『孩子』也可以用來形容善良、有感情和好心腸的人。經過漫長的進化之後，人們都會成為這樣的『孩子』。」

文卡說：「現在我明白了。」

「你們的書就是寫給這些善良的『孩子』們看的。只有透過兒童般純潔的心靈才能接收到精神方面的真理。而那些『大人』並沒有這個特質。他們的一切都由智力系統來引導，所以他們的邏輯思維會與時下的風俗習慣、時尚潮流或者最新理論相吻合；但是，如果有一天突然丟給他們一個與邏輯思維不符的新觀念，他是不會接受的。這樣，他就會錯過了認識自己的本質、認識真理的機會。」

我跟文卡互相交換了疑問的眼神，同聲問道：「你到底在說什麼啊？」

「以後你們就明白了。咱們出發吧，去契阿看看！」

舷窗外出現了白霧。阿米到沙發後面的櫃子裡找東西。我發現他跳起來的方式很特別，好像放慢了動作一樣。

「你是怎麼辦到的？」

「辦到什麼？」他一副不明白的神情。

「你剛才跳得很高，好像漂浮在空中，就像上次我們倆在海灘跳躍一樣。」

「注意看！」他閉上眼睛，一副全神貫注的樣子。然後他的身體緩緩上升，在空中漂浮。到達最高處以後，他睜開眼睛，向我和文卡眨眨眼，最後一股腦落回座椅上。

「練功時不能開玩笑。」他說著站了起來。

「你是怎麼練成的？」文卡的神情十分著迷。

「怎麼說呢？就是想要成功，也覺得自己能成功，就漸漸練成了。『喜歡』和『想要』是愛的方式；愛心是宇宙中最大的力量。此外，只要有信心，我們每個人都能像愚公移山一樣，把囤積在心裡的問題慢慢解決掉。你們看！」說完之後，他離開了座位向窗戶走去，然後轉過身來看著我們，突然間往前衝，向上一跳——他在空中的動作好像被放慢了似的——最後緩緩地落在我們身邊。

文卡看得目瞪口呆。

「真是不可思議！教教我，教教我吧！」文卡拉住阿米的胳膊要求道。

「這很容易。心想事成。」阿米笑得合不攏嘴。

我和文卡也試著往上一跳，結果只是重重地落下，反而讓大家笑得更開心。

「在海灘上跟你在一起時飛得起來，可是現在卻不行了。這是為什麼呢？」我想起第一次「學飛」的難忘經驗。

「那天夜裡咱們手拉著手，我把能量傳到你身上。」

「能量？怎麼把能量傳到另外一個人身上呢？」

「將來，你們在學校裡也會學到這一類的知識技能，就像文明發達的世界正在做的一樣。但是在此之前，你們星球上的人必須停止像動物一樣互相殘殺。目前最重要的是追求世界和平。如果不能以正義和團結為目標，就不會有和平；只要國與國之間還有貧富之分，就不會有和平；只要還有國界的存在，就不會有和平；只要還存在著宗教信仰的差異，就不會有和平；如果人們整天忙著爭權奪利，不去幫助受苦受難的人，就如同蓋房子卻不打地基一樣。等你們解決了以上這些問題之後，就能去做我親愛的朋友庫斯正在做的事。」

「庫斯是誰？」我和文卡同時問道。

「一個讓人開心的朋友。他能製造驚人的奇蹟。」

「什麼樣的奇蹟？」

「我把他找來，讓你們認識一下。」

「打電話嗎？」

「不是。我通過心靈呼喚他，這樣更快。過來！咱們坐下，圍成一個三角形。你坐到那裡，妳坐在這裡。好，就這樣。現在咱們閉上眼睛，聚精會神地想庫斯。心裡默念：要他來這裡。」

我們按照阿米的吩咐做了。過了一會兒，阿米要我們張開眼睛仔細觀察。眼前出現了一片白霧，然後變成旋渦狀，接著變成了人形。文卡嚇壞了，阿米的笑聲好不容易讓她鎮定下來。

「是誰要我來這裡啊？」這個突然冒出來的白衣男子大聲問道。我嚇得直冒冷汗。

庫斯面帶微笑，望著我們的朋友阿米說：「我希望你有充分的理由說說為什麼把我從地球上弄到這個破玩意兒裡來。」

「老實說沒有什麼好理由。我只是想讓這兩個孩子看看怎樣呼喚朋友過來。」

「嗯，這是個好理由。凡是能讓孩子學習的事情都是重要的事情。」

庫斯說話十分幽默。他是個親切可愛的人。

「咱們的小朋友腦袋裡有一百萬個問題呢。那好吧。我的名字叫庫斯。在地球上我投注了全部的時間和心力，負責『幫助地殼釋放能量』的工作。我可以在宇宙裡飛來飛去，用不著這種笨重的飛行器，比如你們乘坐的這個玩意兒。如果你們表現得好，也能有我這種本事。我希望你們比我好。別被懲罰去為一個水準低下的星球服務，因為它實在太不文明了。哈哈哈！你們來自一個稱不上文明的第三度空間的星球，如果你們已經無法忍受現在所處的環境的話，想像一下我的感受吧！我可是來自第四度空間的世界啊！待在這裡的感覺就像潛水員游進了一條破舊不堪的水管裡。哈哈哈！」

「親愛的朋友，我還沒有為他們倆解釋過空間向度問題。你別把他們搞糊塗了！」阿米半玩笑半認真地說道。

「小兄弟，別擔心，因為我知道他們的水平，所以我認為現在應該讓他們漸漸明白宇宙裡同時存在著許多不同層級的空間。孩子們，想看點神奇的玩意兒嗎？」

我們倆仍然有點害羞，微微點頭表示同意。

庫斯說了一句法文跟我們道別，然後彈了一下手指就消失不見了。身後留下一股玫瑰色輕煙，散發著陣陣異香。

「這個庫斯可是個狠角色。如果說我們星球的人都特別愛玩，那庫斯要領先我們幾千年。他說我太嚴肅、太無聊。」阿米開心地笑著說。

「朋友啊，我的程度的確領先了你十萬年。」這時，庫斯變成了一隻幸運之兔——是的，有一隻兔寶寶正坐在駕駛座上——一面快速地咀嚼著胡蘿蔔，一面又說道：「沒錯，你這個人就是太嚴肅，太無聊了。孩子們，先這樣囉。Sayonara（日語：再見）！」說完，他把胡蘿蔔朝我們頭上一扔，就消失不見了。胡蘿蔔緩緩地飄在空中，最後變成了一朵美麗的花。文卡目不轉睛地享受著這真實的童話情節。不錯，眼前發生的一切的確是童話。

「他是怎麼辦到的？」

「就靠著想像力，但是這個力量非常之大，使他能把想像的畫面放映出來。」

我深吸了一口鮮花的芳香說：「這朵花可不是想像出來的。」

「這是將想像具體化的結果。凡是擁有第四度空間意識的人，都可以做出讓你們難以置信的事情來。只要懷抱著信心和不斷地練習，沒有什麼是不可能的。」

文卡問道：「第四度空間在什麼地方？」

「到處都有。這裡就有，妳的房間也有。四度空間不是一個地方，而是一種意識層次。凡是達到這個水平的人，可以根據自己的意願隱身或者露面。他們可以穿牆而過，可以改變自己的面貌。他們受別的法則制約。」

我問道：「那愛心的法則不約束他們嗎？」

「哎喲，真糊塗！」阿米裝出生氣的樣子說：「整個宇宙

萬物都不能逃避愛心法則的約束。無論對於我們來說是可見的星球還是不可見的星球，沒有什麼別的法則或者力量可以高於愛心法則。不管是第三度空間還是五千度空間都是如此，因為創造整個世界的領導力量是愛心，也就是神。我剛才說有別的法則約束他們，是因為地球上的引力、時間和空間等法則對他們起不了作用。雖然他們會散發出和我們不同頻率的振波，但仍同樣致力於『建設宇宙』的事業。」

「我一直以為建設宇宙的是神。」

「沒錯。不過是通過我們——祂所創造的人類——來進行。神制定計畫，由我們來執行。如果事事都由神來做，那就太乏味了。看！咱們到達契阿了。」

10 太陽大師

「這裡明明是地球啊。」我有點失望，因為窗戶外面出現了我熟悉的景觀。

「這是契阿。遠處是魯比尼阿。那是一片沙漠。」文卡糾正了我。

正是那片荒涼的海岸讓我一時搞混了。還以為看到了北非的海岸。但是，後來看到兩座巨大的赤道型島嶼，那是地球上所沒有的，我才明白這裡是另一個星球。

上次跟阿米做過太空漫遊之後，我學到了不少地理知識，也學會區別不同的地形地貌，但是契阿上海洋的顏色、白雲、森林和沙漠都與地球太相似了。

我半開玩笑地說道：「真掃興！我本來盼望看見的是有紅色或黃色的海洋，有藍色或橘色森林的星球……」

阿米解釋說：「進化程度相似的星球幾乎在各個方面都是相似的。同樣的法則產生同樣的結果。」

文卡說道：「彼得羅，這只是外表的相似而已。等一下你就知道了。」

「咱們訪問契阿的目的是尋找一位可以告訴你們如何獲得愛心的朋友。我們先從螢幕上找找看……嗯嗯嗯，這就是他的代號。好，來了。你們過來看！」

螢幕上出現了一位年紀稍長的男人。他坐在躺椅上，頭上是傾斜的屋簷，那是一間又老又舊的茅屋。他悠然自得地搖晃著，嘴上叼著菸斗，欣賞著一望無際的田野風光。茅屋坐落在被群山環繞的山坡上。

種種差異足以說明這裡不是地球。首先，那男人的頭髮和鬍鬚是玫瑰色，雖然大部分已經花白。他的頭髮濃密而且蓬亂，使我看不見他的耳朵，但是我猜測和文卡的一樣是尖尖的。他身披灰色斗篷，這讓我想起古代的先知。他身邊有一隻「狗」正在睡覺——我不太確定這樣稱呼那隻動物對不對，因為這傢伙身上的毛很長，脖子像鴕鳥那麼長，可是又有一張貓臉。樹上有一對……我不知道那是什麼動物；像是長著金絲雀羽毛的蜥蜴，用兩隻腳抓住樹枝，棲息在上面。

「這裡不是地球。」我承認道。

空中盤旋著許多雛鷹般大小的動物，皮膚像魚或蛇一樣，一對大大的翅膀是圓形

的，尾巴像極了條紋狀的頭巾，還有一對長長的爪子。這種小動物能潛入水中，能用雙爪在路上行走，還能像鳥兒一樣飛翔。我看到有幾隻棲息在附近的樹枝上。最令人詫異的是它們有著像人類的面孔。

「這裡的動物長得真奇怪。」

文卡吃驚地問：「為什麼奇怪？難道你們地球上的人就不奇怪？」

「地球上的人一點都不奇怪。」

「不對！那些長著翅膀的地球小人難道不奇怪？」

「長著翅膀的小人？你指的是什麼？地球上最像人的就是猴子，可是猴子沒有翅膀啊。凡是能飛的動物都有羽毛。」

「可是『長翅膀的小人』身上有毛而不是羽毛。」

「任何長毛的動物都不會飛。」

「可是那些鬼東西真的會飛，而且長著毛。它們的面孔跟鬼一樣！」

「你敢肯定你說的是地球上的動物？地球上沒有這種東西。幸虧沒有。」

阿米不發一語地聽著我們的對話，臉上露出微笑。

「它們是可怕的吸血鬼！」

「文卡，妳說的到底是什麼呀？」我實在想不出文卡說的是什麼動物。

阿米插話說：「她說的是吸血蝙蝠。」

文卡說：「我聽阿米說：它們在漆黑的夜間飛行，身上有雷達，能夠從轉動的風扇間隙中穿過而不受傷。這難道不是怪物？」

我覺得文卡說得有道理，可是從來沒想過蝙蝠有什麼奇怪的。

阿米關掉了屏幕。我們向契阿星球緩緩降落。

「神奇的事物一直都在我們眼前，但是我們習以為常，以至於毫無所覺。好，咱們和那位老人談談，他一定有些東西可以講給你們聽。」阿米說道。

「他想必很有學問。」文卡深吸了一口氣。

「這個長年住在山上的老農夫會是有學問的人？算了吧！他懂得一些事情，但有些事情並不明白，是個普通人而已。」

「我想如果什麼人能教我一些東西的話，那這個人的進化水準應該比我高得多。」一絲失望的陰影掠過文卡的臉龐。

「這是典型不發達世界的價值觀。好啦，我來看看是否有可能讓少校的導師收下妳這個學生。」阿米笑著說。

文卡臉紅了，她囁嚅著說：「那只是我的想像。你說他是個普通人，我以為他沒什麼東西可以教我……」

「文卡，彼得羅，宇宙間的教育制度原本就希望能以循序漸進的方式進行。也就是說，進化程度高的人應該幫助程度低的人，讓他們能提升自己的層次；同時，進化程度低的人應該得到程度高的人的幫助。有些人本身水平低，可是卻要求少校等級的導師，甚至要求神親自傳授；他們瞧不起比他們高一、兩級的人物。」

「阿米，你說得有道理。不過，文卡認為程度不高的導師所知有限，也不無道理。」

「導師不知道更高級的事情，這很正常；但是這與比導師程度低的人沒有關係。程度低的人只要認真學習導師教給他的學問就夠了。如果學生連加減法都不會，那麼老師懂不懂高等數學對學生是無關緊要的。」

阿米的話讓我和文卡心服口服。

「這位朋友知道一些你們不知道的事情：他知道如何獲得愛心。你們就先向他學習這一點吧！等將來你們達到少校的程度時，自然有程度更高的導師。」

「阿米，那位導師是誰啊？」

「他是包括地球在內的太陽系中最進化的靈魂，也就是上次我們漫遊時，我向你們提過的太陽星球子民之一。」

「他叫什麼名字啊？」

「彼得羅，當我們說到名字時應該非常謹慎，因為這些名字會讓很多人搞不清楚。某位導師可能在好幾個地區受到當地居民的崇拜，但是另外有些地方的人們卻崇拜別的導師。因為彼此對導師的認定不同，便會引發宗教衝突。而我們追求的是團結與和平，對嗎？」

「對。但有些導師應該是真正的……」

「所有的導師都是真正的。」

「我同意。不過某一位可能是最偉大的……」

「每一吋陽光都是光明燦爛，充滿熱力的，足以驅逐黑暗，因為它們都來自同一個光源：太陽。」

我明白阿米這一比喻的涵義，但是並不滿意。我想知道得更多，希望阿米說出我未來導師的名字，希望我的導師是最好的。但是，阿米糾正了我的想法。

「那個偉大的人是地球的精神領袖。偶爾有人會得到領袖充滿智慧的啟發，而這個人就會成為了不起的導師，因為他承襲了太陽的精神，並且把它傳遞出去……因此有更多導師誕生，有更多宗教出現。但是人類會把眾多導師的名字搞混，甚至因此引發宗教戰爭，完全沒有意識到抱持著這樣的態度將會傷害這種偉大的精神——也就是全部的愛心；也不知道就是基於愛心，才會派遣了一個個的導師為人類指引道路。」

「我從來不知道這些事！那麼，這種精神叫什麼名字？」

「名字！名字！又是名字！問題就在這裡。精神世界裡沒有身分證，所有界線正在消失。分裂、獨立、割據、畫清界線、設立邊界，都是人類才會做的事情。一旦人類心中有愛的時候，便會明白整個宇宙是個大統一體。」

「那位精神領袖總得有個名字吧？」我固執地追問道。

阿米忍不住笑起來。

「好吧。既然你要給他取一個名字，那麼我們就稱他為『太陽大師』吧。」

「這樣就明白多了。那麼給所有導師帶來啟發的就是這位太陽大師。」

「是的，彼得羅。如果不明白這個道理，地球上就很難有和平。宗教分裂的危險遠遠超過疆域糾紛或思想分歧。如果人們不明白宗教的意義就是把愛心付諸實踐，那麼為了宗教或者導師的名字爭執不休是毫無結果的。所有的導師都在教導我們行善、正直、誠實、和睦。總之，待人處事要以愛心為出發點。」

「太陽大師有人的外形嗎？」

「有。因為他不是神，儘管他是按照神的旨意行事的。他是銀河系精神領域的最高領導者。在他之上，便是統領整個宇宙星河的靈體。」

「是神嗎？」

阿米不回答，繼續說道：「星河的靈體之上，還有統領第四度空間的靈體。然後，還有統領第五度、第六度……空間的靈體。」

「那麼神呢？」

阿米把神的位置越放越遠。

「神永遠在你心中。既然你那麼喜歡取名字，你可以把神叫做『知心』。好，現在咱們準備降落！」

「是和飛船一起在契阿上著陸呢？還是咱們離開飛船下去？」

「既著陸又下去。」

「萬歲！」

「這是與地球互為兄弟的世界。我們的遺傳學工程師負責讓同樣的胚胎在地球和契阿上生存下來。無論對你還是對契阿都沒有危險。」阿米告訴我。

不過幾秒鐘，我們已經來到那座牧場上空。儀表板上的小燈並未亮起，表示從外部是看不見我們的。

我從窗口向外望去，發現動物們已經憑著直覺感受到我們的到來，因為「狗」狂吠起來，發出一陣陣刺耳的尖銳鳴聲，彷彿野狼在嚎叫；「蜥蜴」們恐懼地縮成一團，緊緊地靠在一起；飛禽紛紛潛入湖水中。

那位老人朝我們揚起菸斗打招呼，面帶微笑。

「這是一位老朋友。他知道我一路過這裡就會停下飛船看看他。」

「他怎麼知道我們已經到了呢？飛船不是在隱形狀態嗎？」

「他是根據動物的反應猜出來的。以前我來過幾次。」

「這是哪個國家？」文卡問道。

「是烏特納。」

「那我沒辦法跟這位老先生交談。這裡不說我們國家的語言。」

「你不覺得咱們的小姑娘有點傻嗎？」阿米笑著向我使了個眼色。

「她說得沒錯呀，他們不講同一種語言。」

阿米看看我和文卡，覺得難以置信。

「這個！」他指指太陽穴附近說道。

我以為他是指我和文卡的頭腦出了毛病。他看我們沒有反應，便走到我們身邊，把翻譯通拿下來放在我們眼前。我們哈哈大笑起來，但阿米卻很嚴肅，他裝出生氣的樣子說：「這些necrofagos的理解力真差勁。」

我和文卡同時問道：「necrofagos是什麼意思？」

「就是吃死屍的人。」

「我不吃死屍。」文卡生氣了。

「妳吃動物的肉，對不對？」

「啊，對，可是，這……」

「那妳就是吃死屍的人。走吧！」

阿米領著我們向出口走去。黃色光柱亮起來，把我們從空中降落到契阿。和地球一樣，這個星球也不按照宇宙的愛心法則生活，因此也不算是文明的世界。

§ 第一部 §

11 契阿星球

首先是一股陌生的香氣撲鼻而來——那是契阿星球本身的芳香，讓人十分愉快。走在另外一個星球的土地上，彷彿走在一個神聖的地方。我無法用語言述說踏在另一個星球上的快樂心情。

我們向老人的茅屋走去。老人友善地望著我們，絲毫沒有吃驚的樣子。那隻「狗」搖晃著長長的脖子向我們走來，看起來塊頭不小。我有些害怕。文卡走到「狗」旁邊，撫摸著它渾身的長毛。那隻外星動物順勢把腦袋埋進文卡懷裡，好像一隻撒嬌的貓。文卡對那條「狗」如此親切讓我感到驚訝。我想牠大概不會傷人。

阿米說：「你錯了。有些動物很兇猛，跟狗一樣。」

「文卡，妳怎麼知道牠不咬人？」

「因為牠搖晃著腦袋跑過來。」

我猜想，這種動物高興時會搖晃腦袋，如同狗開心時會搖尾巴一樣。

我問文卡：「這種動物叫什麼名字？」

文卡說：「叫布戈。牠很漂亮。」

「特拉斯克，特拉斯克，過來！」老人在呼喚「怪物」：「別打攪客人！」

「文卡，你剛才說牠叫布戈，可是老人叫牠特拉斯克。」

文卡笑著說：「這種動物學名叫布戈。老人給它起了個名字叫特拉斯克。」

不一會兒，那些長了翅膀和利爪、又會游泳的「三棲」動物出現了。其中有幾隻竟然向我們飛來，有一隻還停在阿米的肩膀上。

文卡興奮極了，她輕輕靠近那隻三棲動物，但是牠騰空飛去。

「真不可思議！」文卡說：「三棲是非常膽小的動物，牠們從來不敢接近人類。可是這一隻卻不怕阿米。」

文卡剛一離開阿米身邊，那隻三棲又飛回來了，長長的爪子攀住阿米的肩頭。

「我是所有動物的朋友。」阿米用一種新的語言說道，然後解釋給我們聽。

克拉托老人說：「所以這回你是來看我這頭老動物，是嗎？」

老人的調侃讓大家都笑起來了。我們走到老人身邊時，三棲立刻逃走了，飛到茅屋頂上停下來觀望。

克拉托老人與阿米熱情擁抱，為再度相聚感到高興。

「這回你可得跟我一道分享我準備的美味佳餚。我熬了一鍋香噴噴的三棲湯，還有足足醃了一整晚的辣醬三棲。嗯……棒極啦！還有一瓶老酒讓我們開懷暢飲。咱們進屋裡去吧！」

「你想都別想！你這個殘忍的老頭子！這些可憐的動物不敢接近你們，就是因為牠們知道一旦讓你們逮住，就會被吃進肚子裡去。」

我開始對老人有些生氣。為了口腹之慾，怎麼能殺害這些溫柔可愛的小動物呢？

「阿米，三棲的肉可好吃呢！」說話的人不是老人，竟然是文卡！她也吃三棲肉！她似乎言猶未盡，又補充道：「燒烤三棲腿風味絕佳。我也喜歡喝三棲翅膀煲的湯。」

文卡在我心中頓失魅力。她在我眼中突然成了個野蠻人。

阿米知道了我的想法。他一面給老人戴上翻譯耳機，一面對文卡說道：

「殺害和食用這些小動物是很不好的。我們這位來自地球的朋友感到很生氣。」

文卡吃驚地看看我，試圖向我解釋：「這裡的人都吃三棲肉，味道好極了。你應該嘗一嘗。」

「絕不！」我嚴詞拒絕，雙臂抱胸望著別處。

「好哇！說得好！」阿米對我表示讚許。「文卡，妳記得地球上那些溫馴的小動物嗎？妳喜歡極了，還想把牠們帶回來。」

「是啊！那些可愛的小動物叫什麼名字？」文卡的眼睛亮起來。

「羔羊。那可是你這位小朋友特別喜歡的一道美饌。」

文卡怨恨地望著我，彷彿我是罪犯，是瘋子，是虐待狂，是野獸。

我極力為自己辯護說：「但……但……那是烤小羊肉……」

「烤小羊肉！真可惡！讓人噁心！你真讓人失望！」文卡氣得哭起來。

阿米極力掩飾著笑意，說：「看見了吧？我們往往只看見別人的錯誤，卻不知道自己也有同樣的毛病。雖然我不吃肉，但是我並沒有指責你們，因為我能理解你們。相反地，你們三人卻為同樣的錯誤互相指責。好啦，握握手吧，大家還是好朋友。」

我們羞怯地互相看看，有些不好意思地握手。我們明白了阿米這一課的目的。

「好，這樣很好，」老人高興地說：「走！去喝一杯，慶祝重新和好。」

阿米開玩笑說：「這個老農夫真不懂禮貌，忘了自我介紹。這是彼得羅，他生活在另外一個星球。」

「難怪，難怪！我要是叫這個名字也得躲到另外一個星球去。嘿嘿嘿！」

我一點也不喜歡他這副開玩笑的樣子。

「這是文卡。」

「她大概也是來自別的星球。契阿沒有這樣美麗的姑娘。」老人親切地看著文卡。

這話讓我更不高興。文卡微微一笑，算是對老人恭維之語的回答。

「這是克拉托，契阿農民。」

「哈哈哈哈！」我大聲嘲笑這個名字，主要是為了報復。但我的笑聲不大自然。

「阿米，這個孩子為什麼笑得這麼怪異？」

「他在笑你的名字，實際上是在報復。因為你嘲笑了他的名字。」

「哎呀，這孩子真多心！『被脫落』，你別生氣！只是開開玩笑嘛。其實『被脫落』這個名字也滿好聽的嘛！」

我還沒來得及抗議克拉托扭曲我的名字，阿米解釋道：「彼得羅，他不能正確發出『彼得羅』的聲音。為名字和發音鬧不愉快是很愚蠢的。再說，『克拉托』的含義是『石頭』……」

「石頭！哈哈哈！原來你是臭石頭！」

「事實上，你們倆同名……」

「阿米，你的意思是？」

「『彼得羅』也是石頭的意思。所以你也叫『石頭』。」

除了我以外，大家都笑了。

他們開心地談笑著。我走到一旁生著悶氣：為什麼事情一到我這裡就變得糟糕起來？阿米朝我走過來：「彼得羅，問題在於你的表現比你真正的程度還要低一些。」

我疑惑地望著阿米。

「一個小娃娃吃飯時弄髒了衣服，沒有人會責備他，因為他的行為能力有限。但如果一個成年人吃飯時也弄得一塌糊塗，就不會被原諒，因為他不夠小心謹慎。」

「這跟我有什麼關係？」

「這是因為你並沒有表現出自己應有的程度。所以，只要你所想的或所做的事情比預期來得差，就會立刻受到懲罰，因此你覺得很痛苦。如果你表現出自己應有的程度，表現出最好的一面，那你的生活就跟天堂一樣美好啦。」

我仔細想了想阿米的話，終於明白了。我決定好好努力，讓自己煥然一新……

「你只要做你自己就可以了。我就是這個意思。」阿米說道：「來吧！跟咱們的老朋友聊一聊。」

這時，克拉托正在茅屋後面的果園裡，與文卡在一起。他正向她介紹園裡種植的蔬菜水果。

看到他們倆在一起，我心頭閃過一絲不快。但是我立刻把這個念頭驅逐了。我應該提升自己的行為和思想。

「好哇！這可是個大進步！」阿米高興地說。

「你指的是什麼？」

「你已經開始學著看管自己的想法，心靈也漸漸從沉睡中清醒過來了。人們通常不會注意到自己的思想狀況；雖然有種種邪惡的念頭在腦海裡閃過，可是他們並沒有察覺到，所以，對自己的評價總是很高。正因如此，這種人不可能獲得進步。而你現在已經開始觀察自己，會對自己有更多的認識；此外，也漸漸具有驅逐壞念頭的能力。」

「喂！過來看看這些果子多麼大啊！」克拉托老人在呼喚我和阿米，他手裡拿著一些閃閃發光的紅色瓶子，看起來好像是塑膠作的。

文卡拿著一個「瓶子」，只見她對準瓶頸「喀嚓」咬了一口，津津有味地咀嚼起來。

看著我困惑的樣子，阿米笑了起來。

「那不是塑膠瓶；是瓶子形狀的水果。」

「嘗嘗看吧！」文卡遞給我一個瓶子水果。我猶疑地望望阿米。

「吃一小塊嘛！」他慫恿我。

我鼓起勇氣咬了一口。細緻的果肉令人想起蘋果。我喜歡上了它的甜味，雖然它不像任何我吃過的水果。

文卡問老人：「怎麼會結出這麼大的果子？」

「很容易啊。每天晚上我對著果樹唱一首歌。果樹很喜歡我這麼做，這會讓它很開心，所以果樹在努力生長時便會投注很多愛。」

阿米說：「只要投注很多愛，都會有好結果，也會得到豐盛的果實。」

我好奇地看看那棵果樹，想像它有嘴巴、眼睛和耳朵，可以和克拉托交流感情。可是，它是一棵普通的果樹啊，只有樹葉、樹枝和樹幹而已。

「真是神經病，居然唱歌給果樹聽！」文卡笑著說。

可是阿米贊成克拉托的做法，他認為老人的做法有道理。

「樹木花草都是有靈性的。它們的意識可能很微弱，但是對友愛的表示和感情的顫動都很敏感。它們會變得悲傷或快樂，感到害怕或信任。」

克拉托鼓勵文卡說：「多吃一點！這種水果會帶給人力量，以後妳就可以變得這麼結實了。」老人握緊拳頭，舉起手臂，做出大力水手的樣子。文卡被逗得很開心。

她笑著說：「城裡的小姐可不是這個樣子的。」

這時，阿米好像聚精會神地在注意什麼。他說：「我想是特里人來了。」

克拉托神色驚慌地提議：「那你們快藏到飛船裡去吧！」

阿米仍然沉吟著，然後他發出警告：「來不及了，他們已經到了。咱們快去茅屋裡躲躲！」他要我們立刻跟他走。

阿米嚴肅的神情讓我嚇了一大跳，而文卡更是不知所措。她用力抓住我的胳膊。

屋外傳來一陣馬達的轟鳴。特里人來了。克拉托在院子裡的躺椅上坐下，裝作十分鎮定的樣子。

阿米從門縫向外面張望，然後也要我們去看，一面把食指放在嘴唇上，提醒我們別出聲。

我看到有輛黑色汽車開了過來。車體看起來像是由黑色發亮的金屬製成的盒子，下方有車輪，車體周圍繞著一圈鐵柵欄。車窗也是黑色的，但是被柵欄擋住了，根本看不到車子裡面有什麼。這輛外表可怖的車子不斷發出轟鳴聲，並且排出黑煙，嚇得周圍的動物紛紛走避。我想，他們一定還沒有發明消音器。

阿米在我耳邊低語道：「他們知道噪音的危害，但就是故意要製造恐怖氣氛。」

黑車在茅屋附近停下，有四個人從車上下來。單單看他們的模樣就令人毛骨悚然了。他們長得像大猩猩：高大、強壯、毛髮濃密。但是，他們的面孔倒是人模人樣。除了臉以外，全身上下都覆蓋著長毛。皮膚則是玫瑰色的。他們個個頭戴釘滿小釘子的鋼盔，肩膀上披著釘滿小釘子的護肩甲，腳上穿著釘滿小釘子的皮靴，手腕戴著釘滿小釘子的護腕，膝蓋裹著釘滿小釘子的護膝；身上穿的不是布做的衣服，而是裹著鐵甲。人人手裡拿著一根長長的東西，可以確定是武器。

「嘿，老傢伙，拿出你的證件來！」

克拉托頭也不抬，慢騰騰地從懷裡掏出身分證來，遞了過去。一個特里人粗暴地奪過證件，仔細查看起來。

「看見瓦克斯人了嗎？」

「我就看見了特里人，分不清誰是瓦克斯，誰是松波斯。對我來說都一樣：都是特里人。」老人非常鎮定地說道，眼睛望著遠方。

「混蛋！難道你分不清什麼是人，什麼是畜生嗎？」

「當然分得清楚。人類彼此之間會互相友愛，致力於建設國家；野獸卻只會彼此仇視，破壞一切。」

老人的回答讓那個長毛怪物不大高興。

「長官，怎麼辦？扁他？」

「用不著。他只不過是個愛做夢的斯瓦瑪人，讓他餓死好了，就像所有的人一樣，哈哈哈！」

我以為特里人的造訪到此為止，沒想到那個長官下了命令：「去屋裡搜搜看！」

這句話讓我的神經再度緊繃。文卡更加用力地抓緊了我。阿米伸開雙臂擋住我們倆，他神色自若地要我們保持鎮靜。

克拉托極力想要引開那些松波斯人，他在他們背後大聲喊道：「那裡頭什麼都沒有！沒有武器，也沒有松波斯人——啊，對不起！你們就是松波斯人，我老是分不清楚——我是說，沒有武器，也沒有瓦克斯人！」

「閉上你的臭嘴！要不然送你進戰俘營！為了製造武器，我們要逮捕更多的瓦克斯人和斯瓦瑪人。」

特里人走進茅屋，東張西望，搜查每個角落，卻忽略了我們藏身的地方。照理說不可能看不到我們，可是那傢伙就是視而不見。

「長官，什麼也沒有。」

「好了，走吧！老廢物，看到瓦克斯人記得要向我們報告！我們不會虧待你的。」

特里人一個一個上了車，然後轟隆而去。

12 山中隱士

阿米滿面笑容地說：「你們先別急著發問，我來解釋一下，這叫做間距障眼法。」

「障眼法也能用在特里人身上？」

「用在他們身上更容易。如果一個人的自我意識越低就越容易被催眠，管他是遠距離催眠還是受到暗示而被催眠都一樣。因此，這種人特別容易相信商業廣告。相反地，進化水準越高的人，意識就越清醒。」

克拉托笑著走進了茅屋。文卡問他為什麼不擔心特里人會發現我們。

「因為我了解阿米的計策。」

老人講起有一次阿米是如何保護四個瓦克斯或者是松波斯——他記不清他們是哪一派——躲避巡邏隊的追捕；四個人明明就在巡邏隊眼前，但後者就是看不見。

文卡說：「如果是我才不想保護特里人。他們最好自相殘殺、自我毀滅，契阿才有和平的一天。」

阿米插話道：「特里人和斯瓦瑪人是手足關係。斯瓦瑪人有責任引導和保護特里人。」

克拉托不以為然地雙手一攤，好像剛剛聽到什麼胡說八道似的。

「引導和保護特里人！看來你並沒有注意到，其實是他們在控制我們啊！他們擁有武器，而我們愛好和平；因為我們不追名逐利，所以被認為是懦弱的笨蛋。他們追求物質上的享受，認為我們是劣等民族。再怎麼說我們都不會有引導他們的一天。他們唯一有興趣的就是打仗。就是因為不斷打仗，我們今天才會這麼貧窮。這個星球上的資源都用到武器裝備上去了，照這樣下去，契阿星球會毀在他們手上。」

「你們如果不採取行動，就會步上毀滅之路。」

「可是我們能幹什麼呢？」

「給他們好好講道理，讓他們知道和平、團結和愛心的重要。」

克拉托嘲諷地笑著說：「那你就給特里人講道理去吧！馬上會有人把你直接送進精神病院。他們認為：性就是愛，個人利益是最高利益。他們對其他人——哪怕同是特里人——總是張牙舞爪。」

文卡點頭為克拉托的話作證。

阿米笑著說：「你們比特里人還要特裡化。」

「我們是現實主義者。」

阿米又笑了。

「特里人就要毀滅你們的世界了，可是你們仍然袖手旁觀，不為未來做準備，還自以為是現實主義者！」

「問題是，他們絕對不可能聽從我們的勸誡……」

「會的。特里人很快就會遇上可怕的大災難，到時候他們就聽得進去你們的勸告了。可是，假如那時候你們不在身邊引導他們，他們就不知道該怎麼辦才好，最後只能走上毀滅你們並且自我毀滅一途。」

「宇宙友好同盟會用飛船把我們營救出去的。」文卡似乎並不擔心。

阿米說：「只有努力拯救自己世界的人才能得救。」

克拉托一面走出茅屋一面說：「我不大明白世界上的什麼大事情，我只懂得幸福的重要性。」

阿米摟住我和文卡的肩膀，領著我們到外面去。

「沒錯，幸福也很重要。對自己的愛會推動我們去尋找幸福，而對他人的愛會促使我們為別人的幸福效力。『自愛』與『愛人』這兩股力量應該保持平衡。」

克拉托沉思起來。他撓撓頭皮：「看來我老是躲在山裡，很少為別人設想。阿米，你說呢？」

「這不是想不想的問題，是做不做的問題。不管怎麼說，你已經為別人做了許多事情了，雖然是無心的。」

「我？呵呵呵！我做了什麼？」

「你寫過一些東西，就是不久前你讓我讀過的羊皮書。我們正是為這件事來的。你在書裡說明了怎樣獲得愛心，文卡和彼得羅還不明白這套方法呢。他們倆日後要寫書給許多人閱讀，並且在其中記錄羊皮書的內容，這樣就會有許多人得到你的幫助。」

克拉托好像不大相信阿米的話。他以為這些話是在開玩笑。

「可是我……不認為我寫的那點東西有多重要。那些事情人人都知道。」

「獲得愛心的方法可不是人人都知道。比如，我就不知道。」文卡笑著看看老人。

「我也不知道。」我很想看看克拉托的愛心良方。

老人仍然對自己的知識缺乏自信，他說：「可是那太容易了！」

阿米反駁道：「對你來說容易，可是對大多數人來說並非如此。你把羊皮書拿出來吧！我想讓這兩個孩子見識見識。」

「好吧，好吧。可是我不記得放在什麼地方了。說不定讓蟲給蛀光了，呵呵呵！」

老人走進茅屋。阿米親切地望著老人的背影。

「有些人不擅於評價自己的所作所為，也有的人總是過於高估自己做的事情。許多人找不到事物的平衡點。」

克拉托手裡拿著一卷舊舊髒髒的紙回來了。

「拿來了。我把它放在用來生火的乾柴上，羊皮紙可以用來點火。呵呵呵！」

阿米一手接過羊皮書，一手從腰間拿出一個儀器，然後把儀器對準羊皮書。我以為他是在拍照。

「我在做登錄的動作。現在，羊皮書的內容已經保存在我給你們講過的『超級電腦』

的資料庫中。克拉托，可以拿去生火了。」

「胡鬧！不行！」文卡驚叫道：「我還沒看哪！」

「複印本比原稿更清晰、更乾淨。」

儀器邊緣刷刷地吐出一些紙張，面積比羊皮書小。阿米笑著遞給文卡一張。

「我不懂這種語言！」文卡看了一眼，失望地說道。

「那我只好動手翻譯了。這可不大容易，而且我的字寫得不好。不過我給你們這些文件，為的是讓你們寫在書裡。」

後來，過了很久以後，就在我寫這本書的時候，我還不知道阿米是不是願意讓我公開發表他的手稿。為了保險起見，我在一部分的內容中使用了他的手稿，另外的一部分則是用印刷出來的文字。克拉托羊皮書的第一部分已經記載在本書的開頭了，而其他的手稿也已經翻拍下來，將來會公開展示。這樣人們就能看到阿米的親筆字跡了。

原稿被我十分寶貝地珍藏起來，這是關於阿米真實存在的唯一鐵證。表兄維克多認為這張手稿是我自己寫的，還說我刻意改變字跡。好吧，既然他看不出這一切根本不是我憑空想像出來的，那就太遺憾了。他錯過了一段充滿智慧的話語。

阿米說道：「要是我的字寫得不好，還請大家多多包涵！你們想一想，如果有人要求你用中文來寫字，一定會寫得很醜！」

克拉托問道：「中國人是誰？」

文卡搶著回答道：「是彼得羅居住的星球上的民族。他們的眼睛很漂亮，是這樣細長形的。」說著她把眼尾拉得很長。我和阿米都笑了，而克拉托似乎在想著什麼。

「阿米，如果你開飛船帶我去地球，或許我可以找個細長眼睛的老太婆……中國人吃辣味三棲嗎？」老人說。

等我們止住了笑聲之後，阿米說道：「中國人不吃三棲鳥，是因為地球上沒有這種飛禽。否則的話，他們能用三棲做出幾十種料理來，因為他們什麼都吃！」

克拉托發表看法：「那表示中國人很有見識。那就更有理由去地球一趟了。」

我覺得這位老人實在太喜歡吃喝了。

「特里人也向你們這樣注重享受嗎？」

克拉托解釋說：「特里人不懂得享受生活。他們整天忙著打仗或爭權奪利。得到權利和金錢以後，要嘛忙著死守名利，要嘛再去撈更多的錢、爭更多的權；他們從來沒有時間享受生活。總之，他們缺乏見識，完全不懂得生活，真是可憐。啊，對了，屋裡還有滿滿一鍋辣味三棲湯和一瓶燒酒呢。咱們快去享用吧！」

阿米認為克拉托的人生哲理很好笑。

「你這個貪吃的老頭子，一心只想著享受。說了那麼多只有一部分說對了，因為你忽略了還有其他人的存在。你不知道，能夠為他人奉獻心力的人，到最後所獲得的，比只為自己著想的人要來得多。你這個老頭子啊，是我見過最不會想的斯瓦瑪人……」

「可能是吧。但是既然我的羊皮書可以造福成千上萬的人，那我就有權利用三棲湯大飽口福了。呵呵呵！進去吧，我餓了。」

老人準備邁進茅屋，但是阿米說：「老朋友，很遺憾，我不吃肉。而且我們要上路了。」

「我不吃三棲！」我看都不想看那鍋令人噁心的東西。

「謝謝，克拉托。我已經吃了很多您的水果。」文卡說。

「好吧，既然你們瞧不起三棲，那我就獨自享受了。呵呵呵！真遺憾，你們這麼快就要走了，希望有一天再見到你們。」

阿米說：「你知道我會常常繞過來看你的，說不定還會帶這兩位小朋友一起來。」

我們依依不捨地告別了克拉托——這位契阿星球上的老隱士。直到今天，我仍然會想念他。我喜歡他坦率的胸懷和表裡如一的作風。當我還跟他在一起的時候並無法正確地評論這個人；到了後來，我才體認到他這個人的重要性。因為當初相聚的時間太短，不容易察覺到他個性上的特點。

文卡吻吻老人的手，我想我看到了老人眼中閃爍的淚光，但是老人故意開玩笑說：「小心，寶貝！附近就有不少追求我的女人，她們可愛吃醋呢！」

此時的我居然愚蠢地向周遭看了一眼，反而讓自己更難過。

13 卡里布爾星球

「好啦，孩子們。趁著飛船『移位』到一個令人驚奇的地方，我用你們各自的語言翻譯出克拉托留給後代的話語。現在你們可以在艙內各處走走。」阿米笑著說道。

我問阿米飛船在進行太空漫遊時，如果突然把艙門打開的話，會發生什麼事呢？

阿米裝出一副毛骨悚然的樣子。他看看文卡，彷彿在說：「這傢伙瘋了！」可是文卡也興致勃勃地等著答案。

「好吧，既然你們提到這個問題，那我就告訴你們：我也不知道會發生什麼事情。好主意！那我們現在就試試看吧！」說著，他起身離開了座位。他的眼神變得很嚴肅。他向客廳走去，作勢要打開艙門。我們嚇得急忙飛奔過去攔住他。

這時阿米笑彎了腰，我們方才明白他是在開玩笑。

「你們要繼續胡言亂語的話就到那邊去講！讓我好好地翻譯這篇重要的文章，在到達那個……那個什麼地方之前一定要完成。不過，你們兩個別亂碰這裡的儀器，免得我們在太空中被炸成碎片。哈哈哈！用這些難以辨認的語言寫字，實在太困難了。」

阿米正前方的螢幕上出現了一張字母表，是我所熟悉的西班牙文的幾種書寫形式。在每個字母旁邊，都有一個奇怪的符號。他一面書寫一面按動鍵鈕。我著迷地看著他工作，這時文卡把一隻手搭在我的肩膀上。

文卡說：「咱們讓他安靜地幹活吧！到船艙裡看看怎麼樣？」

「好主意！我可不喜歡有人在背後盯著我。」阿米開玩笑說。

雖然對飛船已經不陌生，但是我還沒有仔細觀察過這艘太空飛船。我和文卡在艙內兜了一圈。下頁是我根據記憶畫出的艙內平面圖：

指揮艙後面有個空間，於是我和文卡便走到那裡說話。

透過舷窗玻璃，只能看到一片發光的白霧。

「我真想知道窗外有些什麼？」文卡目光神往地說。

我仔細看看她，覺得能跟一個外星女孩談話實在不可思議。她走到我身邊問道：「你第一次看到我的時候是什麼感覺？」

NAVE DE AMi

阿米的飛船

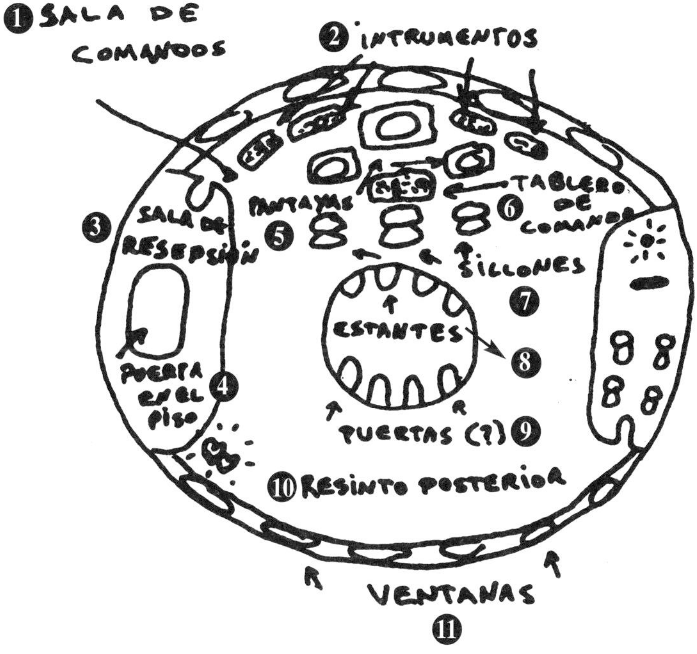

❶ 指揮艙
❷ 各類工具儀器
❸ 客廳
❹ 地板上有個門
❺ 螢幕
❻ 指揮鍵盤
❼ 幾個座位
❽ 隔板家具
❾ 幾扇門？
❿ 後艙
⓫ 窗戶

「這……這……要我說實話？」

「當然！」

我不大會撒謊，所以只好老實說出第一次見面的真實感受。

「不怎麼愉快……那我給你什麼感覺？」

「也不太好。但是很快就改變了。現在的感覺大大不同。」

「文卡，那妳現在對我感覺怎麼樣？」

「我感覺你就是那個我一直夢寐以求的人。」

這句話正是我想對她說的，只不過我無法如此精確而簡潔地表達出來。

「我心裡也有同樣的感覺。那是一種越來越深、越來越濃的情感。」我衷心地說。

她那對紫色的眼睛閃爍著光芒，看上去十分美麗。我們倆注視著對方，彷彿已經飛升到另一個世界去了……

這時，阿米的聲音從指揮艙傳來：「注意！禁止戀愛！」

我們沒有理睬他的話，四隻眼睛黏得分不開。

「我願意永遠跟妳在一起。」我緊握文卡的雙手。

阿米從遠處再次進行干擾：「你們可要記住：你們各自有真正的伴侶，應該忠誠不欺！」

這句話讓我們沉默了半晌，然後文卡問我：「你覺得我們的事是不被許可的嗎？」

「說實在的，我不覺得。就算是不被許可，我也不在乎！我怎麼能放棄我的真情呢？這不是意志力能夠控制的。」

阿米提醒道：「你們想想將來還要跟『那個人』相會。要記住那個人啊！」

我想起了那個日本姑娘。不錯，看到日本姑娘時，我的確有強烈的愛慕之情。可是現在呢，文卡是真實存在的，而那個姑娘僅僅是一段回憶。

我以非常堅定的語氣說：「我永遠都選擇文卡！」

「我永遠都選擇彼得羅！」

「這種熱情如同曇花一現，一遇到風雨就會被澆熄，就如同卡拉波羅肉或者烤小羊肉一樣。」阿米取笑我們。

阿米如此嚴厲地批評我們，讓我們覺得自己做錯了事。我和文卡有些懊悔地對看了一眼。過了一會兒，我們倆依然手拉著手。文卡說：「親愛的彼得羅，無論發生什麼事情，無論別人怎麼說你，我永遠不會動搖對你的愛！你永遠是我唯一的愛人，哪怕你我分隔兩地……」

文卡的眼眶中有淚珠在打轉。我也一樣激動，情不自禁地從心坎裡湧出這些話來：「文卡，我不認識妳的時候過得很孤獨；認識妳以後，我的心靈十分充實。今後，即使妳不在我身邊，我的心中也永遠有妳；我們的關係是長長久久的。我無法表達這份感情對我有多麼重要，但是，妳在我心裡，永遠在我心裡。」

我們情不自禁地互相擁抱。這是我一生中最美好的時刻。我們兩人從那時起彷彿緊緊結合在一起……

不知道過了多久時間，我們就這樣擁抱著彼此。阿米用他那慣有的幽默感干涉道：「別亂搞啦！這是不道德的行為。羊皮書已經翻譯完成了，而且咱們快到卡裡布爾星球了。」

我們睜開了眼睛，透過身旁的玻璃窗向外看，深藍色的蒼穹上布滿了星星。

我們向指揮艙跑去。正前方的舷窗外面出現了一片驚人的景象：天空中有兩個太陽：一個大一些，是藍色的；另一個小一些，是白色的。

「這是天狼星。」

「你是指哪一個？」我問阿米。

「兩個都是。人們從地球上看這兩顆星星好像是一個，原因是它們距離很近，而且離地球很遠。看見那個亮點了嗎？」

阿米指指遠方一個葡萄大小的藍色小球。

「那就是卡里布爾，是咱們的目的地。我們在那個星球培育植物品種。那裡就好像是一座巨大的『宇宙苗圃』，園中的一切都是我們種植的。一旦產出優良品種，我們就把它送到有需要的星球上去。」

「有多少人住在那裡？」

「只有幾位遺傳學工程師，他們住在控制中心。」

我們迅速地飛向那個發光的圓形球體。當它逐漸變成一個巨大的盤狀物，並且占據了整片窗前的視野時，我發現這個星球的表面是淡藍色的，和地球不太一樣。

我們飛臨一大片紫色沙灘的上空，只見寧靜的淡紫色海水緩緩起伏著。

文卡快活地喊道：「這真是太美了！能下去看看嗎？」

「沒問題。再說，我也答應過彼得羅去海灘上走走。」

沒錯。上次漫遊時，阿米對我做過這個承諾。

「這裡的氧氣、引力、溫度和植物對你們絕對無害。你們對這座星球也不會有影響。我得為下個漫遊目的地安排路線，你們可以到下面走走。用不著害怕！這裡沒有任何東西會傷害你們的。但是，你們什麼也別吃。」

艙門打開了。我們走下舷梯。我帶著文卡踏上柔軟的沙灘，淡藍色的陽光照耀著我們；太陽很大，好像我在奧菲爾上看到的一樣。

「空氣好新鮮啊！」文卡深深地吸了一口氣：「有花香和海藻的芬芳呢！」

太陽雖然很大，可是陽光不如地球或者契阿上強烈，也比奧菲爾上黯淡一些，因為卡里布爾外表有厚厚的大氣層。眼前的情景讓我想起地球黃昏時分的海灘。但與地球上相比，這片海灘的顏色變化更加微妙。此外，地球上的沙灘不是紫色的，海水也不是淡紫色的。

我和文卡手拉著手向前方走去。當我們走過海灣的一個彎曲處時，眼前出現了一座延伸到海邊的大花園，裡面種了很多植物，開滿了各式各樣的花朵。

「這裡就像是天堂啊！」文卡興奮地容光煥發。

我們漸漸離開海灘，從花叢中深入到園中。我們發現遠處有一片小樹林，那些樹沒有葉子，樹枝上只長了一些細細的條狀物。樹皮非常光滑，像是人工製成的一樣。

巨大的太陽開始向水面落下，陽光照亮了文卡的面頰，為她添上了一抹亮麗的光彩。我們兩人坐在樹下，許多細細的條狀物因為過長而垂到地上，層層交疊之下像極了一個個擺在花叢間鬆軟的坐墊。

我們靜靜觀賞著平靜水面上閃爍的波光。我從來沒看過如此奇異美麗的落日景象。

我注意到有一道光線從文卡身後投射過來，照亮了她的頭髮。回頭看去，只見第二個太陽出現在樹梢後頭。

「看！又一個太陽！」

「太神奇了！日升和日落的景觀竟然同時出現！」我們兩人相視而笑。

過了一會兒，文卡面帶憂愁地說：「我認為這是不對的……」

「妳指的是什麼？」

「我們知道彼此都有人在等待對方，將來……」

我們陷入了長長的沉默。

我說：「阿米不該讓我們見面。他應該事先設想到我們會互相愛慕；他本來可以避免發生這樣的事情……」

「但這是我一生中最美好的時刻。應該感謝阿米。」文卡真誠地說。

她說得也有道理。我們會不時想起和未來伴侶相遇的畫面，這便是唯一阻撓我們幸福的絆腳石。

我好奇地想知道誰是文卡未來的知心。我問她：「你那位英雄，是什麼樣的人？」

也許我有些醋意。

「最好永遠忘掉那件事！我們只管想著彼此吧！」

「好主意！我忘掉那個前額有痣的姑娘，妳忘掉妳那個藍色王子！」

「你怎麼知道他是藍色的？」

「文卡，我們不是說好不要講了嗎？妳幹嘛又問？」

「因為他的皮膚確實是是藍色的……」

「那麼，成雙成對的愛侶都有著同樣顏色的皮膚；因為我看到的那位姑娘的皮膚也是藍色的。」

文卡聽了十分好奇，她想知道我和藍色佳人相遇的情景。

「當時我漂浮在空中，附近有一片湖泊，一群天鵝向我搖頭擺尾，綠草和鮮花都在歌唱。她坐在……」

「她的身旁是不是有玫瑰色葉子的藤蔓，和五顏六色的墊子？」我驚訝得目瞪口呆。文卡是怎麼知道這些的？

「我想妳一定讀過我的書。」

「如果你讀我的書，也會發現同樣的情景；只不過敘述者是那位姑娘……」

「……原來是妳！」

我們倆緊緊相擁，彷彿彼此交融在一起。此時此刻，我們已經毫無罪惡感，幸福快樂的感覺充溢全身，和那次與日本姑娘相遇時一樣……

「好啦，浪漫夠了。」阿米的聲音打斷我的思緒，他站在花叢中微笑地看著我們。

文卡假裝生氣地說：「你撒謊騙人！」

文卡指的是，阿米曾經說過，我和文卡的知己分別在地球和契阿；他還說，我和文卡的愛情是被禁止的。

「我希望讓你們自己發現這個祕密。這樣難道不是更好嗎？」

「但是你不該騙我們說……」

「如果我說『來，讓我介紹一下，這位就是你未來的另一半』，是不是有種逼迫和強制的意味，也沒有新鮮感？相反地，你們用這種方式相認不就自然多了？我故意設置了機關，看看你們能不能突破難關。你們表現得很好啊！」

在我們回飛船的路上，我問阿米：

「我們什麼時候才能在那個玫瑰色的世界裡相遇？」

「還得經過幾次見面和分離。從今以後，你們經常要互相尋覓，一生一世都在互相尋找，但是總有重逢的機會。最後，你們會在玫瑰色的世界相遇，並且終將結合在一起，變成一個完整的個體。而現在，你們被分成兩半，分別在不同的地方追求進化。」

文卡傷心地問道：「那現在呢？我們得分手嗎？」

「是的。妳得回到契阿，彼得羅得回地球去。別忘記，你們還有援助自己星球的任務呢！一個人如果不幫助自己的同胞，就顯得太以自我為中心。太自我中心的人，他的進化程度也不會高到哪裡去。而進化程度不高的人就不配找到自己的另一半。能找到另一半是一種福分，這是努力追求的結果；同樣地，生活在文明發達的世界也是一種福分。如果你們不能為愛心奉獻心力，命運就會拆散你們；相反地，只要你們越是盡力幫助別人，命運就會讓你們早日團聚。」

我們難過地走上飛船的舷梯。

「硬生生把我們拆散真是太令人痛苦了……」

「這沒有想像中難以承受，因為現在你們知道自己的伴侶在哪裡，可以想念對方，等待對方。再說，你們可以互相聯繫。」

「怎麼聯繫？難道你要在我們身上放對講機嗎？」

「用不著。如果兩顆心是由愛情連結在一起，彼此的交流可以超越時間和空間。」

14 愛心羊皮書

就在我們的飛船繼續向某個不知名的地方「移位」時，我開始閱讀克拉托的羊皮書，下面就是阿米親手寫下的翻譯內容。

Amor es un ingrediente sutil de la conciencia. Es capaz de mostrar el sentido profundo de la existencia.

Amor es la única "droga" legal.

Algunos buscan equibocadamente en el licor y otras drogas lo que produse el Amor.

Amor es lo más nesesario de la bida.

Los sabios conosen el secreto, y buscan sólo Amor. Los demás lo ignoran, por eso Buscan lo externo.

¿Cómo obtener Amor¿

Ninguna técnica sirve, porque Am-
or no es material. No está sometido
a las leyes del pensamiento y la ra-
són. Ellas están sometidas a El.

Para obtener Amor, primero ai que sa-
ber que Amor no es un sentimiento, sin-
ó un Ser. Amor es alguien, un Espiri-
tu viviente y Real, que cuando despier-
ta en nosotros llega la dicha, llega todo.

¿Como aser que venga?

Primero ay que creer que existe (po-
rque no se ve, sólo se siente)(algun-
os le disen Dios) después ai que bus-
carlo en su morada intima: el co-
rasón.

No hay que llamarlo, porque ya es-
tá en nosotros. No hay que pedirle
que benga, sinó dejarle salir, libor-
arlo, entregarlo.

No se trata de pedir Amor, sino
de dar Amor.

?Como se obtiene Amor¿

Dando Amor.

愛心是人類意識裡最微妙的成分，它可以證明生存的深刻含義。

愛心是唯一合法的「藥物」。

有人以為在烈酒和毒品中可以找到愛心，但是他們錯了。

愛心是生命中最不可缺少的元素。

智者知道這個祕密，所以只專心地尋找愛心。但是其他人並不知道，因此總是繞著外面漫無目標地尋尋覓覓。

怎樣才能擁有愛心呢？

不管透過多先進的技術都無法得到，因為愛心並不是物品。愛心不受人類思想和理智的約束，反而是思想和理智必須服從於愛心。

為了擁有愛心，首先應該了解愛心不是一種情感，而是一個真實的個體。愛心是「一個人」！是一個活生生、實實在在的靈魂！當愛心在我們心中覺醒的那一天，幸福和一切美好的事物都會跟著來臨。

如何讓愛心降臨呢？

首先應該相信愛心的存在（因為愛心是看不到的，但是可以感覺得到。有人說愛心就是神）；然後應該去它隱祕的居所尋找，那就是內心世界。

用不著呼喚愛心，因為它已經在我們心中。用不著請求它的出現，而是讓它自然而然地現身，自然而然地釋放，自然而然地奉獻出來。

愛心不是索取，而是給予。

如何擁有愛心？

那就是奉獻出愛心。

就是用愛心去愛。

我說：「這麼說來，愛心是一個真實的個體。在我看到的書裡，可從來沒有人這麼說過。」

阿米一面啟動控制儀器，一面微笑道：「有一本書裡這麼說過。」

「哪一本，阿米？我可沒有讀過。」

「你讀過。不僅讀過，那本書還是你寫的呢！」外星小孩開心地大笑起來。

「你說的是《星星的小孩》？」

「是的，就在《星星的小孩》裡。」阿米回答。

「我不記得了。」

「那你就再讀一遍吧！在你們的世界裡，如果有人做了什麼荒唐的事情，別人會說他是一時『鬼上身』才會這樣；他們以為負面的力量才擁有真實的形體。但是當有人奉獻出愛心時，卻沒有人說他被『神靈附體』。你們這些人還真是有趣。你仔細想想這件事吧，最好能把克拉托對愛心的忠告付諸行動！」

這時文卡來到我身邊說：「這對我很容易，現在我就能做到。」

「希望妳的感情不僅僅停留在彼得羅一人身上，契阿的人們需要妳的幫助呢。回到契阿之前，我給你們看一些影片。」

我驚慌地問道：「為什麼要回到契阿？」

「我並沒有說現在馬上就去契阿。可是分手的時刻終究會到來的。」

「那麼、那麼……難道就沒有其他辦法了嗎？」

「文卡不能老是待在這裡。她應該回到自己的星球上去寫另外一本書，繼續為整個星球服務。你也應該回地球去做同樣的事情。不過我們還是先看看這些影片吧！」

螢幕上出現了一個深灰色的世界。我不感興趣，文卡也不感興趣。我們手拉著手並肩站著，以傷心的眼神望著對方。

我們的朋友阿米笑著喊道：「好啦，別再演肥皂劇了！」

「可是我們就要分開了……！」

「那有什麼好難過的？又不是分開一輩子。將來你們一定會彼此結合，一生一世不分離。得啦！看看這個，世界就要毀滅了！」他想轉移我們的注意力。

就連世界毀滅的消息我們都無動於衷。我們實在太難過了。

阿米把影片關掉，然後對我們說：「學會克服依戀也是一種自我提升與進化，因為人的精神是追求自由的，不應該受到任何羈絆。」

「可是我們真心相愛啊！」

「真正的愛情不是依戀而是不束縛別人，也不作繭自縛；確切地說是讓別人獲得自由，也讓自己自由。真正相愛的人們用不著像連體嬰那樣整天抱在一起。哈哈哈！你們難道希望下輩子受到這樣的懲罰嗎？」

我們不知道他是不是在開玩笑，但是這一番話稍稍讓我們平復了傷感的心情。

阿米重新播放影片，然後對我們解釋說：「這部影片的場景發生在一個未能戰勝暴力和惡行的世界，雖然參加這個援助計畫的人們已經盡了最大努力。你們看！」

天空被一片厚厚的烏雲覆蓋，漆黑一片，有大批飛船陸續降落在那個星球上。

「你們看到的是『營救行動』。飛船正要去尋找進化水準達到七百度以上的人，因為他們應該得到拯救。可惜情況並不順利，營救行動失敗。一切努力都白費了。」

畫面中，大地似乎在震動，巨浪襲擊著海濱城市。然後出現了一艘供應船，與少校所指揮的那一艘一模一樣。

「這次行動預計要營救幾百萬人。」

「有那麼多高度進化的人啊！」

「好人比預期中要多。人們做壞事往往只是為了反抗不公正現象——不過表達的方式錯了。另外有些時候是不良的社會風氣和社會制度造成的。通常人們會因為惡習或被生活所迫而鑄下大錯，因此我們必須將有關愛心的訊息散播出去。你們接下來會看到一些災難發生的場景，只要你們越努力完成你們的任務，在你們星球發生這種災難的可能性就越小。」

畫面上可以清楚看到一艘飛船在城市上空的工作情形。有許多人在光柱照射下被「舉」到空中。有一些人露出吃驚的表情，有一些人顯得害怕，多數人則是興高采烈。

「為什麼現場一片漆黑？」

「因為剛剛有幾千顆原子彈引爆，很快地，帶有放射線的原子彈碎片就會落在地面上；這個星球馬上會變得極度寒冷，人們完全無法生存。」

一艘飛船飛過山頭，有一群人對著飛船拼命打手勢。可是飛船並沒有停下來。

「為什麼不救他們？」

「他們進化水準太低。」阿米回答。

「喔，飛船一定是透過『進化測量器』看到了他們的進化水準。」

「這種情況不需要測量器就可以知道。這是一個刻意和文明疏遠的社會。他們在遇到問題時並不想合力解決，而是選擇了逃避，所以他們進化的程度不高。現在，反而因為只想保住『他們自己的』生活而喪失了生命。看來他們得在來世等待新的機會了。」

阿米這番話，和影片中原子彈引爆後沙塵包圍的世界、地震中人們驚慌逃竄、滔天巨浪襲擊陸地的景象；與此同時，幾千艘飛船卻選擇營救少數幾百萬人，而把大多數人判處死刑……我和文卡對這一切感到恐懼和焦慮。

「不去拯救那些遠離文明，親近大自然的人們，實在太殘忍了，尤其當他們已經發覺周圍的一切都在崩壞的時候。」文卡眼眶裡的淚水在打轉。

「妳誤會了。他們並不是在一切都崩壞的時候才逃跑的，而是更早之前就已經鳥獸散。如果在那時候能做一些努力的話，其實還有補救的空間。也許他們只需要盡一份心力，這個世界就有救了。妳記得『聚少成多』這句成語吧……」

無論阿米怎麼解釋，我還是覺得不去拯救那些可憐的人是一種報復的行為。

「這不是報復，是選擇『良幣』。高度進化的人才能建設文明世界；在那樣的世界裡才能夜不閉戶，才能讓人們自由支配消費物資。」

阿米又說：「逃避現實的人並不是『優良的種子』。如果有一天，他們有機會打造自己想要的文明世界，他們並不會互相合作也不會為別人服務；原因很簡單，因為他們沒有愛心。事實上，就是因為他們太自私自利，才會逼得文明世界走向滅亡。這種自私自利可以透過很多光明正大的理由來掩護；譬如說，是為了追求良好的生活、身體的健康、心靈的純淨，甚至包括精神層面的進化等；其實說穿了，不過是自私自利罷了。這就如同一個醫生因為害怕傳染病而逃離醫院一樣；如果所有的醫生都只在乎自己的健康，那可憐的病人怎麼辦呢？」

阿米的解釋讓我稍微明白了些，但是我依然為那些人的悲慘命運感到難過。「難道就不可能創造一個美好的世界，而無須危害幾億人的生命嗎？」

「問得好！」

「為什麼？」

「因為確實有這個可能！現在我要讓你們看看另一段影片，這是發生在另外一個星球上的真實紀錄。」

阿米重新播放影片。屏幕上的世界看起來很像地球或者契阿。這裡的人們甚至和你我非常相像，只是屬於不同的種族而已。

在一座大城市裡，一大群人聚集在一幢大廈外面。

「咱們趕上了一個歷史時刻：世界政府剛剛成立。每個國家選舉出來的代表並不是普通的政客。」

「那麼是什麼樣的人？」

「是執行宇宙計畫的服務人員。這個星球即將開始按照宇宙大法來治理。」

「太妙了！」文卡顯得十分著迷。

「許多文化、宗教、和平、生態團體整合起來，倡議在一切文明發達的世界裡執行和平友好共處的原則。這一建議獲得熱烈擁護，因為沒有別的路可走。」

「為什麼？」

「因為發生過全球性經濟大衰退。此外，還因為大量的原子武器試驗、環境污染、過度開採自然資源，造成大規模的生態環境失衡。氣候的變化影響了食物的生產，各種新的疾病、天災層出不窮。除此之外，全球各國因為社會制度不同、邊界糾紛、宗教信仰的差異而互相征戰。全世界的資源都投入在武器裝備上，使饑荒、貧困、恐懼籠罩著世界。人們實在忍無可忍了。眼看只有一個選擇：以和平共處遏止集體瘋狂，於是大家決定試一試這條道路。」

螢幕上，場景不斷變換著。

「現在咱們可以看到世界政府在實施第一項措施。」

成千上萬的人們聚集在廣場上，圍繞著成噸的武器：機槍、大炮、衝鋒槍以及種種摧毀性裝備。我知道在地球上，有些人以為武器軍備就是一切力量的來源。

「他們在做什麼？」

「此時此刻，在這個星球上的每個國家——確切地說，是『以前的每個國家』以及每個省分——都開始改造武器裝備。」

我們看到機槍、大炮等武器在烈焰中熔化。港口上，軍艦被改造成貨輪。飛機場上，戰鬥機改裝成了客機，坦克車改成了拖曳機……

我想起了先知以賽亞的話。那些話已經寫在我的第一本書上：

他們要將刀打成犁頭，把槍打成鐮刀。這國不舉刀攻擊那國，也不再學習戰事。

就在烈火熔化刀槍的時候，現場群眾唱起歌來，象徵友好情誼與和平精神。許多人激動得流下熱淚。

「現在注意看！最精彩的部分來了。」

天空中出現了成千上萬個發亮的物體，它們的高度逐漸下降，在篝火上方盤旋。人們高興地揮舞著手臂。有幾艘飛船著陸，船上的人走出來加入慶祝的行列，眾人齊聲為永遠揚棄破壞和暴力而高聲歡呼。

這些來自外星的訪客透過擴音器對人群喊話：「這個星球上的兄弟們，大家好！你們今天做了一件非常好的事情，這是因為宇宙間的建設力量影響了你們，觸動了你們心中最善良的一面；同樣地，也會督促你們為了拯救未來而努力。你們成功地克服了自私、愚昧、猜疑和暴力，這表示你們已經達到加入宇宙友好同盟所需要的水準。從今以後，你們不會受苦受難。我們會為你們提供科學、知識文化和精神食糧，讓你們在短時間內遵照宇宙愛心規定的和諧原則組織起來。」

人們互相擁抱，向飛船揮手；個個驚喜萬分，幸福無比。

這個場面令人興奮又感動，文卡竟然放聲大哭。我克制住心頭湧動的激情，提出一個問題：「這些人看到飛船從天而降，怎麼不害怕呢？」

「答案很簡單，」阿米笑著說：「因為我們的信使朋友事先做了種種傳播信息的工作。所有因為愛心而組成的團體，都能辨認出我們的存在和給予的幫助；他們接收到我們的信息：一旦實現團結，銷毀了武器，太空兄弟們就會駕駛飛船前來援救。如此一來，人類就會意識到自己是宇宙友好同盟的一分子。因此你們的工作是很重要的。」

文卡被眼前這動人的場面震懾住了，她熱切地呼喊道：「我也要加入他們！求求你！帶我去吧！」

「我恐怕無法實現妳的要求。這些影像是很早很早以前錄製下來的；發生這些重大事件的時候，你們星球上的人還不識字呢。」阿米笑得樂不可支。

「怎麼可能？」

「我不會唬妳的。」

「為什麼你放這麼古老的影片給我們看？難道從那以後就沒有別的星球得救嗎？」

阿米的笑聲使得我們明白自己說錯了。

「我挑選這段影片的理由很簡單，因為影片中的人外形和你們很相似，會讓你們有親切感。我當然也可以拿出銀河系裡幾千顆星球上、各個時期的畫面讓你們看。」

文卡說：「我想去看看這個古老的星球在這幾千年裡進化到什麼程度了。」

「我很想帶你們去，可是咱們沒有時間了。我可以告訴你們：這個星球與你們見過的文明發達的世界已經非常相似了。這個星球只有一個人種。」

「只有一個人種？我明明看到有好幾種。」

「是的。後來隨著時間的推移，幾個人種互相融合，到今天只有一個了。」

「那麼，咱們看到的那些人呢？難道都過世了嗎？」文卡的神色有點悲傷。

阿米愉悅的神情告訴我們並非如此。

「他們仍然健康地活著。」

我和文卡驚訝地張大了嘴。在奧菲爾世界，我遇過一位外表像六十歲的先生，實際上卻將近五百歲。看來這個星球也有成千上萬像這樣長生不老的人……

文卡驚訝地說：「星球一旦加入宇宙友好同盟，所有的人就得到永生了！」

我們目瞪口呆的神情讓阿米大笑起來。

「請原諒我笑起來，可是你們的表情太天真了！這的確讓人難以相信，但確實是真的。我們在科學和精神思想領域的發現使得我們能夠延緩細胞衰老的速度。當星球加入到宇宙友好同盟時，我們會把全部知識都傳授給它。」

雖然我們在起來漫遊碰到的那個奧菲爾人已經五百歲了，但是他看起來卻像個六十歲的老人，一點都不年輕啊！比他的星球上的其他人都衰老多了。這說明了細胞還是會老化的。

「那為什麼奧菲爾人看起來不年輕呢？」

「因為他們的肉體已經不年輕了。」阿米說。

「我不明白。」

「事實上，並非所有的人都願意沒完沒了承受延緩老化的過程。有些人比其他兄弟進化的程度更高，那麼他們居住的世界就顯得太『小』了。他們得去更加高級的世界，但是動身之前必須先將他們的肉體『恢復原狀』。他們不能帶著老舊的肉體去更高級的世界，因為這樣只會讓身體逐漸老化，直到無法運轉為止。」

「老化的結果就是死亡嗎？」

「死亡的只是肉體。在宇宙友好同盟的各個星球上，人們懂得如何讓靈魂脫離肉體，並且保持意識的清醒。因此靈魂就能從舊肉體轉移到新肉體上，而不會喪失意識和記憶。對於進入文明發達世界的人們來說，永生是個真實和得到許諾的事實。」

「得到許諾的？」

「是的，這是你們《聖經》裡提到的一個觀念，就看你們能不能理解。」

「那麼，死亡呢？」

「死亡並不存在。你以為神會那麼殘酷，允許死亡的事發生嗎？雖然健康情況會發生變化，但精神是永存的。在文明不發達的世界裡，當人們換了軀殼的時候，並不能同時保留從前生活的記憶，於是造成人們對『死亡』的錯覺；但是在文明發達的星球上，人人都記得從前的生活經歷。」

「那我們應該到高級世界上生活！」文卡露出羨慕的神情。

「當然！但是我再強調一次：這得經過努力爭取。不努力就不會有任何收穫；不種下安布羅樹，就不能採收美味的安布羅果。」

「什麼是安布羅果？」

「我們星球上的一種水果。」

我想起在上次漫遊中，阿米曾經答應過帶我去他的星球走走。

「對了，順便問一下……」

「是啊，順便問一下，」文卡說道：「你答應過帶我去你家看看。」

「去我家？」阿米一副吃驚的樣子。「我沒這麼說。我只是說，去看看我的星球。但是要記住：你們暫時還不能離開飛船進入文明發達的世界。我們現在正是朝那個方向飛去，去拜訪娃娃銀河系！」

「『娃娃銀河系』是怎麼一回事？」

「我居住的星球就叫『娃娃銀河系』。馬上就到了。」

「這名字真美！」文卡發出讚嘆。

「好啦，至少比『契阿』或者『地球』響亮。什麼地球，一點詩意沒有。」

我和文卡很好奇是不是所有文明發達的星球都有這樣美麗的名字。

「幾乎都有，雖然有些星球希望保留原始的名字。一般情況下，我們都會給各個地方找個有詩意的名字：世界、地區、大河、高山、湖泊、村鎮、道路……」

「在契阿，我們常常以英雄的名字來命名。」

阿米說：「妳所說的應該是好戰分子。因為你們的星球是崇武而好鬥的。如果你們的進化程度提高，就會轉而使用藝術家、科學家和教育家的名字來命名。越是進化就越會喜愛形象崇高的名字所象徵的意義。」

文卡聽了興奮起來，她靠近我身旁說道：「走吧！彼得羅，我邀請你一起去散步。咱們穿過藍鳥大街，跨越白鴿小道，走到魔鏡廣場……」

她拉起我的手向飛船後艙走去。我很喜歡文卡想像出來的場景，但是我沒辦法同她玩這個遊戲。有別人在場，我的想像力無法運轉；膽怯牽絆著我的行動。

阿米說道：「如果你的舉動不會傷害別人，那你就把別人的意見裝進口袋裡。要學會自己管理自己，用不著請示別人。想想『一顆長了翅膀的心』意味著什麼，要敢想敢飛啊！」

文卡好像不喜歡阿米使用心靈感應術來干涉我們倆的遊戲。她把雙手圈在嘴邊，高聲喊道：「請飛船乘客不要干涉他人的私事！」

阿米說：「說得好。在文明發達的星球上，不尊重他人隱私是很不可取的罪行。」

「那麼，你怎麼沒有被關進牢房呢？」文卡開玩笑說。

「很抱歉，我有個能捕捉別人思想的壞毛病。由於你們是文明不發達世界的好人，思維過程中發出令人難以忍受的高分貝噪音。一台收音機音量開到最大程度時，你不想聽也得聽啊！問題就在於，你們還沒有學會平靜地思考。假如我們不能平靜地思考，又懂得心靈感應術，那別人要忍受多麼可怕的噪音啊！所以，當我們要去你們星球工作時，寧可到『噪音』較小的地區。」阿米笑著回答。

阿米這番話引起了我很大興趣，但是我不想讓文卡不高興——顯然她想單獨跟我說話——因此我用心靈感應術問道：「在地球的哪個地區思維的噪音比較小？」

「在你們的世界裡，有一些地點正好位於星球——這個巨大的生命體——裡面最微妙的地區。」

「任何地方不是都一樣的嗎？」

「頭髮上的細胞與大腦細胞並不一樣；同樣地，星球上也有比較特殊的地點。在那些地點，輻射格外細微；因此居住在那裡的人們就不大會發出『噪音』。從那裡穿過時我們比較能忍受。」

「如果你不讓我們安安靜靜談話，我們會受不了的。」文卡半認真半玩笑地說。

「好好好！不過，儘量別鬧出太大的噪音，因為你們思想混亂、激情失控啊！」

我在心裡問阿米：「激情也會發出噪音嗎？」

「失控的激情，或者叫做負面激情，是噪音的最大根源。不過，我不能再說下去，不然文卡會把我扔到飛船外面去！」阿米大笑起來：「再說，你們沒有時間表演肥皂劇了，因為咱們已經到達娃娃銀河系。」

15 娃娃銀河系

我以為我們看到的是一個玩具世界。這個星球上的居民活像是卡通片裡的小精靈。許多房屋的形狀好似五顏六色的蘑菇；有些房子則是球狀的，飄浮在空中，小窗戶前種滿了花草。放眼望去，所有的居民都是小孩子，全部都是。

「這個星球上並不是只有小孩子，雖然我們喜歡保持孩童般純真的外表。因為我們都熱愛遊戲，充滿童心。就因為如此，我們的星球名叫『娃娃』。」

「我本來以為文明發達的世界在各個方面都是一模一樣的。」

「當然不一樣！如果一模一樣，那多無趣。恰恰相反，每個文明發達的世界風格各不相同，這取決於當地居民的喜好。」

「看那個！」文卡喊道。空中有一個飛行器從附近經過；它的外形好像一顆蘋果之類的水果，上面繪滿了圖畫：微笑的動物面孔、鮮花、星星和彩雲。

「我們的飛行器如果不當太空船使用，就可以根據自己的想像來製造。假如你們看到裡面有什麼，一定會瘋狂的……」

「那我們乘坐的這艘飛船的外表為什麼不一樣？」

「因為太空飛船必須按照宇宙友好同盟的統一規格製造，這是為了避免視覺混亂。在你們的星球上，有些城市和街道的場景就十分混亂：現代化的鋼骨建築和中世紀大教堂並肩而立，廣告招牌、電線桿、公車站牌錯落凌亂……」

我們來不及問他這是什麼意思，因為有一隻龐大的白色動物從遠方走來，看上去好像一頭長毛熊。它足足有一棟房子那麼大……

阿米笑著安撫我們：「就算它把咱們吞進肚裡也不用擔心。這是個有趣的玩具。」

巨熊來到我們面前，舉起一隻爪子作勢攀住我們的飛船，但是並沒有直接碰觸，大概是借助某種磁力把飛船吸住。然後，牠張開巨大的嘴，開始「吞噬」我們。看著我和文卡驚慌的樣子，阿米笑了起來。我們逐漸深入到巨型玩具喉嚨裡，四周一片漆黑。我們想像這是在遊樂場裡，因此逐漸放下心來。

一道玫瑰色光線照亮了指揮艙。眼前沒有什麼五臟六腑，而是一個迷人的景象：

許多童話故事裡的人物，在栩栩如生的森林、夢幻般的城堡、寓言故事的場景中緩緩遊行。我不知道那些人物是不是活的，或者只是一部電影。也許它們是玩具機器人。

「這些是童話故事中的角色，是以真人扮裝後拍攝而成的。現在我們來看看用三度空間或『超現實』的方式放映的電影吧！」

我們沿著「巨熊」的體內慢慢下降，眼前出現了美麗的碧玉色。這裡的景觀更加神奇，在人物剪影和各種變化多端的顏色布景中，有一些看起來像仙女的人物在空中漂浮著。她們的身體都是透明的。

「這部影片的場景是在另一個進化水準、向度空間之中。他們是仙女、精靈、水神、風神和火神等等。」

「這些神仙真的存在啊！」文卡驚嘆著。

「當然存在。他們很真實，跟你、我或者某個失足犯罪的人一樣。」

現在就算阿米說了任何奇怪的字眼，我們也不會多問一句。雖然不敢肯定，但是我們知道他所做的比喻是玩笑話。

「現在咱們進入最後一部分。無論看到什麼都別害怕！」

一道琥珀色的光線射進飛船內部。從窗戶望出去，我們看到一個更加令人難以置信的遊行場面：行伍中的人們渾身被火焰所環繞，而火焰的顏色各不相同；有紅色、紫色、黃色、藍色、綠色和白色。他們的外形像人，但是面部特徵難以辨識——因為他們渾身是火，只露出一對目光炯炯，魅力十足，充滿了溫柔和力量的雙眼。

火人中的一位目不轉睛地盯著我們，向我們的飛船靠近，隨後令人驚駭的事情發生了：他穿過舷窗，走進了指揮艙！眼看他就要燃起一場大火，把一切燒得精光。我害

怕這個紅色火人靠近我身旁。千萬別碰我！千萬別把我點燃！

「別害怕！」阿米看到文卡眼睛瞪得老大，便安慰我們。文卡吃驚地望著那個火人在我們三人中間跳舞，紅色的火焰照亮了整個船艙。阿米解釋說：「這都是遊戲。」

紅色的火人穿過窗戶走了。可是，又有一個黃色的火人邁進我們的飛船，跳了一支令人嘖嘖稱奇的舞蹈。

阿米說明道：「假如你們能夠理解舞蹈動作中所包含的語言意涵，就會發現偉大的宇宙真理。」

黃色火人退了出去，另一位接著進來表演。就這樣，火人們輪番上陣。直到最後一位白色火人離開機艙後，巨熊開了一扇大門。我們從熊的背上飛了出去。

阿米神情愉悅地等著我們發問。

「這些人是誰？」

「他們是太陽系星球上的居民。當然，這一切都是電影畫面。」

「不可能是電影！他們都走進飛船裡來了。這裡又沒有銀幕……」

「透過一種光線的投射，就可以在玻璃上看到影像了。」

我們不明白這是什麼放映設備，可是又不能不相信阿米的話。

「萬一他們真的鑽進飛船，那不就把咱們燒成灰了？」阿米笑著說。

「他們身上溫度很高嗎？」

「他們不僅體溫很高，還會發出令我們難以承受的高頻振波。好啦，現在咱們去我住的地方看看。」

飛船的速度加快到難以估計的程度。幾秒鐘後，我們已經到達了星球的另一端。那裡是一片冰天雪地，夜幕正在降臨。

「我的家就在那邊。你們看！」

我們看到一座非常迷人的小村莊，讓我想起家中曾經有過的一件擺設：一個裝滿水的玻璃球；水中矗立著小房子，房子四周是一片田野風光。如果翻轉玻璃球，就會有雪花般的白色細沙紛紛飄落。

眼前的景色就和那個玻璃球一樣；大片、大片柔軟的雪花靜悄悄地鋪天蓋地而下，樹木、花草、小山、房屋……一切都蒙上了皚皚白雪。所有的房屋都是球形的。許多房子不接觸地面，而是飄浮在距離地面幾米高的空中。窗門寬大，室內燈火輝煌。有些房屋完全透明，是用類似玻璃的材料製成的。沒有窗簾，但我知道窗戶可以根據主人的意願調整明暗。室內的情況幾乎可以從窗外一覽無遺。

「我們沒有什麼需要遮遮掩掩的。」阿米笑著說。

「這裡和剛才的玩具世界不大一樣。」文卡評論道。

「只是風格不同而已。我們是根據地理和氣候特色選擇建築風格的。你們之前看到的是熱帶地區；這裡的建築風格如果擺在那樣的小村莊裡就不太協調。」

我問阿米，寒帶居民是不是也像熱帶人那樣喜歡玩耍。

「熱帶居民比較講究刺激和樂趣，寒帶居民的遊戲比較平和。無論如何，宇宙中的一切都是遊戲。」阿米解釋道：「不同的星球、城鎮、機構、人員各有不同的風格。有些人喜歡恐怖遊戲，比如文明不發達世界的人們就是這樣；他們距離『神的遊戲』還十分遙遠呢。另一些人偏好高尚的遊戲，追求和平，給世界帶來福祉和愛心；他們接近真正的宇宙意義。」

文卡沉吟著說：「我無論如何也想不到神還會做遊戲。我以為神充滿愛心，但是非常嚴肅。神做什麼樣的遊戲啊？」

「宇宙是神想像創造出來的，這本身就是一種藝術，一種遊戲。眾多靈魂經由不斷的輪迴轉世，學習這些『遊戲規則』，直到能夠掌握其中的真諦為止，因為世界上只存在著一個祕訣、一個準則，能帶領人們邁向幸福的生活。」

我想起奶奶平日的規勸，便無精打采地學她的語氣說道：「表現好一點！」

阿米和文卡笑了。阿米解釋說：「『表現好』有很多涵義。如果因為害怕懲罰而聽話和遵守規矩，那不會讓你幸福的。但是的確有一種肯定讓你幸福的『表現好』。」

「哎呀，你就快說吧！到底是什麼呀？」文卡不耐煩地喊道。

阿米一面從指揮艙的座位上站起來，一面說道：「享受幸福生活的唯一祕方或者祕訣就是生活在愛心裡。」

「你這話好像早就說過了。」

「我當然說過。人們用這樣或者那樣的方式說過幾千、幾萬遍了。大千世界的所有大師說的就是這個。一切真正的宗教都講這個；不講愛心的宗教就是邪教，因為它不以宇宙的基本法則為基礎。愛心是宇宙中最古老的東西，沒有什麼新內容。但是，有成千上萬的人以為愛心是一種多愁善感的情緒，是人性的弱點，認為愛心不值得一談。他們認為如果人類的存在有什麼貢獻的話，一定就是關於聰明才智和學說理論這方面，或是精明能幹、物質上的收穫，又或者是有強大的力量……

「有些人不是不知道愛心的重要性，但是他們並沒有應用在生活中，或者是做得很不夠，所以也得不到幸福。為了讓大家記住人類、社會以至於整個星球的根本需要是什麼，再怎麼談論愛心這個人類最基本的需要都不嫌多。」

「整個星球的根本需要是什麼？」

「一個星球只有體認到愛心是拯救他們免於毀滅的唯一力量，才得以倖存。相反地，如果一個星球上的人不把愛心看做文明的基礎，就陷入自我毀滅的危險之中，因為會引起社會上的混亂和敵對情緒。這就是目前發生在你們星球上的情況，所以你們的任務是很重要的。實際上，在這個危機時刻，沒有什麼工作比拯救人類更重要了。」

16 阿米的父母

螢幕上出現了一張笑臉：一個大約八歲大的女孩友善地對我們微笑。

阿米咕噥了幾句他的星球上的語言，只聽到「唏唏」、「噝噝」、「噗噗」這些極輕柔的語音。女孩也用同樣的語言回答。透過翻譯通，我們明白了他們對話的內容。

阿米說：「媽媽，您好！」這句話嚇了我和文卡一跳。

「孩子，你回來得正好，我剛剛做好了一些糕點，帶著你的小朋友一起到家裡來吧。他們是哪個地方的人？」

「他們來自文明不發達的星球，正努力提高進化水準，準備加入宇宙友好同盟。現在都是援助計畫成員。她是文卡。」

「妳好，文卡。」那個似乎是阿米母親的女孩問候文卡。

「這是彼得羅。」

「你好，彼得羅。啊，我發現了，你和文卡是一對知心朋友。可是你們來自不同的星球啊！孩子，這怎麼可能？」

「他們一個來自地球，一個來自契阿，但是他們倆的原籍都是宇宙友好同盟的星球，負責援助這兩個星球的任務。」

「可是分隔兩地會讓他們倆感到痛苦的。他們還太年輕啊。」她滿懷柔情地望著我們。聽到一個看起來和我們差不多大的小女孩說我們年輕，感覺怪怪的。

阿米靜靜地望著母親。我知道他們母子二人正在以心靈感應的方式交流思想。過了一會兒，女孩對我們說：「孩子們，要為了你們星球上的和平、團結和愛心而努力！你們會遇到很多困難，會有很多人不理解你們；但是宇宙中最偉大的力量同你們在一起，播種的愛心一定會開花結果。你們的星球上充滿了幻想和謊言，所以小心謹慎，不要上當受騙；要在純真與警惕、和平與自衛之間努力保持平衡。你們周圍的壞人壞事太多，千萬別因此失去純潔的童心，因為只有保持童心，你們和你們星球上的人們才能得救。」

「今天就講到這裡吧。」阿米笑著說道：「您要是繼續講下去，到最後會變成耳邊風。忠告之言聽多了會麻痺的。」

「我非常喜歡這兩個孩子。能為幾十億陷入黑暗中的人們效力實在太美好了。他們都很有這方面的天賦！」

「是的，但也別忘了：地球和契阿是不文明的星球，那裡有蟲子、毒蛇、蜘蛛和滿把查——啊，不對，滿把查屬於史前動物。不但如此，那裡還有嚴刑、武器、原子能和污染。有些人死於饑餓，有些人麻木不仁，還有些人對愛心全然不知。」

「還有特里人。」文卡不高興地說道。對她來說，生活裡一切不愉快的事物都可以概括為『特里人』。

「特里人是誰？」

「是阻撓契阿進步的人種。類似特裡的民族在所有不文明的星球上都存在。」阿米解釋道：「雖然並非所有的特裡民族都讓人感到恐怖……。」

「對了，我想起來了，你跟我說過這些事。儘管如此，為一個迫切需要的地方服務還是很美好的。」阿米的母親說。

「但是，別忘記：在服務的過程中可能會把什麼都忘了，甚至包括愛心的重要性。

另外，你們從小受到的教育是錯誤的，養成了壞習慣，還有迷信思想。所有這一切會成為障礙，讓你們無法深入下去。這是一項危險的任務。」阿米對我們說。

「孩子，說得對。如果沒有足夠的力量，那是很危險的。因此，你們應該特別小心。只要永遠依照愛心的指引，就不會迷失方向。」

「好了，你們已經認識我母親了。」阿米想換個話題。

「你母親看上去真像個小女孩，可是聽她說話顯然不是。」文卡說出了我的想法。

「不能以貌取人！你們想看看我父親嗎？」

「當然啦！」我們倆很希望看到另外一個和阿米相像的「小孩子」。

「我看看能不能在螢幕上找到他。媽媽，最近您見過他嗎？」

「見過。每天晚上他都跟我聯繫。他在幾里亞實驗新型腦電波容器呢。」

「那他一定在實驗室裡。我父親是科學家。」阿米向我們解釋。

「我們都是『科學家』。你們也是——你們在研究和實踐生活的科學。」阿米的母親說。

「爸爸，你好！」阿米對旁邊屏幕上出現的一個男子說道。我們以為阿米在開玩笑，因為這個男子看起來是跟阿米和他母親完全不同的人種。他的大腦袋瓜上沒有頭髮，目光相當銳利。

「兒子，你好！啊，你這兩位小朋友來自三級水平的星球。女孩大概來自『水晶蝴蝶系』的第二個星球；男孩屬於『金鷹系』的第三個星球。」

「父親，您說對了。」

「我的星球名叫地球。我們的太陽不叫什麼『金鷹』……」

阿米的父親解釋說：「在宇宙友好同盟裡，我們在編制天體目錄時給每個星球取了一個名字和代碼。」

「老爸，別把我們的朋友弄糊塗了。母親已經把他們倆的腦袋搞得夠混亂了。」

「讓他們知道，銀河系中每件東西和每個人都用名字和代碼編目，這不會給他們造成多大困擾的。」

文卡驚訝地喊道：「每個人都有名字和代碼！」

阿米說：「以前我告訴過你們，銀河系中心有個『超級電腦』。」

「是的，你還說『超級電腦』什麼都知道。」

「差不多吧。宇宙友好同盟經常觀察不文明星球的理由之一，就是要給『超級電腦』提供資料。」

「那咱們都被『存檔』啦！」我大膽猜測。

「甚至你們的頭髮都被數過了，」阿米笑著說：「但這不是像祕密警察般的監視，而是為了保護。我們注意你們，如同哥哥照顧弟弟一樣。」

文卡說：「我以為神把一切事情都做了呢。」

「神不做任何事情。」阿米的父親說。

我們倆十分吃驚，好像聽到異端邪說一樣。阿米笑著說：「一個農夫想有好收成，但他只是一味地祈求神；既不播種，更沒有澆水或施肥，那麼無論他怎麼禱告，會得到收穫嗎？」

「在這種情況下，不能。可是人們都希望得到神的幫助啊。」

「假如你往上扔石頭，石頭會落到你頭上，不論你怎麼祈求神保護都一樣。」

螢幕上的男子插話道：「種瓜得瓜，種豆得豆。」

我問道：「那神做什麼呢？」

這位來自娃娃銀河系的孩子解釋道：「神設計了宇宙間的遊戲，也訂下了施行的遊戲規則，並且在每樣事物和每個靈魂的身上都放置了最基本的能量，也就是充滿愛心的精神。但是在這之後，要去執行的人不是祂，而是我們。」

文卡問道：「神為什麼允許戰爭發生和不公正現象的存在？」

「那不是神允許的。」

「那是誰允許的？」

「是你們自己發動戰爭，允許不公正現象的存在。」

我試著找理由反駁阿米的說法，可是找不到。阿米自有一番道理。

我在地球上多次聽到這個問題。很多人會說：「這是神的懲罰。」阿米的解釋讓我信服，尤其是他說明了神不會平白為我們做任何事，我們自己應該要有實際行動。

文卡提了一個我也一直感到困惑的問題。

「阿米，他怎麼會是你父親呢？你們看起來好像來自不同的星球。」

「妳說得對。我出生在這裡，我父親卻出生在幾里亞。」

「那麼，這是不同星球之間的婚姻了？」

「不對。你們看到的我父親是他的新化身。就在我出生後不久，父親準備去幾里亞再生。他換下老舊的肉體，靈魂轉移到新肉體上，獲得了重生，然後成長茁壯，如今成了科學家。我們始終保持聯繫。這一次，父親看起來比我還年輕。」

「也比我年輕，」阿米的母親說道：「我還不習慣看他這副幾里亞人的樣子，雖說本質上，他還是他。」

文卡問這對夫妻從前是不是跟別人結過婚。夫妻二人在屏幕上露出疑惑的神情望著兒子。阿米像往常一樣笑了起來。

「在進化水平低下的星球上，男女知己終成眷屬的事情並不常見；因此，那裡經常發生離婚、外遇或者多次再婚。他們甚至不知道兩顆互補的心相遇會發生什麼事情，所以文卡才會問這個問題。」

「那麼，兩顆互補的心相遇會發生什麼事情呢？」我問道。

「他們會結合在一起，不會再找別人談情說愛。」

「為什麼不找別人？是法律禁止嗎？」

「是的，愛情的法則禁止移情別戀，但不需要強制規定。道理很簡單：靈魂伴侶是無法取代的。」

文卡看看我。我們百分之百地同意這句話。

阿米的父親向出現阿米母親的屏幕望去。

「對了，妳什麼時候來幾裡亞?雖然咱們的精神已經結合在一起，可是我希望隨時隨地看到妳在我身旁。」阿米的父親對妻子說話，眼光充滿柔情蜜意。

「你知道我一心想回到你身邊，可是目前我還沒有達到化做幾裡亞人所需要的精神水準。如果現在我就拋下舊肉體，不但無法到達你身邊，反而會飛向別的星球；所以我現在重新修練，一定要讓自己達到去幾裡亞的水平。咱們還得耐心等一等。不過，親愛的，我已經完成了細胞更新術的練習。」

夫妻對話又持續了幾分鐘。他們以如此公開的方式互相傾訴愛慕之情，讓我覺得很不自在，因為我旁聽了一段私密的悄悄話。我低頭望著地面，覺得自己是個偷窺別人隱私的傢伙。可是文卡卻聽得十分入迷，甚至熱淚盈眶；她深情地看了我一眼，令我十分感動。我能理解阿米的父母，因為有某種十分堅實、美好而深刻的東西把我和文卡也緊緊聯繫在一起了。

「這意味著互補。」阿米觀察到了我和文卡之間的情感交流。

「這是什麼意思？」我問他。

「她有你所沒有的；你有她所沒有的。二人結合在一起，形成一個完整的人。」

「我能給文卡什麼？」

「你啟發了她的智慧，她喚醒了你的熱情……時間到了，咱們得離開這裡了。」

「可是我們想看看你的星球啊。」

「你們已經看到這個星球外部的某些地方，認識了我的父母和我的家鄉。別忘了地球和契阿上的人們還等著你們回去哪。」

「你說『星球外部』是什麼意思？難道還有別的部分嗎？」

阿米笑了，接著說道：「地球上有人已經到太空，到很遠的外部世界旅行，可是他們卻不知道在自己腳下幾公里的地球內部發生了什麼事情。人也是如此：他們總是向外看，卻不看看自己的內心；一旦犯了錯誤，總是把責任推給別人，對自己的內心世界全然無知。殊不知內心往往左右著未來的前程。改天我再繼續和你們談談這個問題。此時此刻，地球和契阿陷入危機，首要任務就是拯救你們的星球。當人們免於戰爭和飢餓的威脅以後，你們會進一步深入探索宇宙、生命、科學和精神領域。但是目前用你們擁有的知識，足以建設一個比較人道的世界了。如果拒絕努力，無論什麼藉口，哪怕是心靈層次方面的理由，也是自私自利的犯罪行為。」

阿米的父親注意聽著兒子說話，這時插進來說：「是的，因為『心靈層次』是指一個人的內心世界；而內心世界就是愛心。既然如此，在看到別人遭受痛苦的時候，就不可能無動於衷。」

阿米說：「因此，心靈層次說穿了就意味著愛心。」

「這麼顯而易見的道理有必要說嗎？」阿米的母親問道。

「這在不文明的星球上並不是那麼明顯。許多人以為心靈層次的提升就意味著複雜的內心鍛鍊而已；還有人認為心靈層次提升就意味著遠離塵世、苦苦修練、終日祈禱、一心向神，除了這些就沒有別的了。但是，只要心中沒有愛心，他們所做的這一切就毫無價值可言。如果有愛心的話，那愛心就會轉化成大公無私的服務精神。現在你們的星球都有毀滅的危險，當務之急就是追求和平與團結。」

我覺得很開心，一是因為有幸來到另外一個星球，接受外星人的教育；二是了解了宇宙基本法則；三是因為當上了為地球效力的信使。來到這個星球，與外星人交談，讓我覺得自己也成了他們之中的一員，幾乎也像他們一樣進化文明了。我想到了自己應該回去的地球，想起了我的表兄，我覺得自己比他高明。

想到這裡，阿米開口道：「在提升自我的道路上，要戰勝的最後一個敵人是所有敵人中最狡猾的。發現這個傢伙是很困難的，因為他偽裝成地球上的一種小動物——叫什麼來著？就是那種停在哪裡就變成當地顏色的動物。」

我回答說：「那叫變色龍。」

「對，就是這個。讓人迷失自我的最後缺點就跟變色龍一樣。這個缺點就叫『驕傲自負』，或是『自我膨脹』。它隨時埋伏在路上準備攻擊自以為先進的人們。發現這個敵人是很費力的，但是有個法子。」

「什麼法子？」

「每當你發現自己瞧不起某人，認為他『進化程度不高』的時候，那『瞧不起』的心態就是敵人；那是精神上的自我膨脹和驕傲的心態作祟的緣故。但是有愛心的人不會瞧不起任何人，他會願意為所有的人效力。」

「這麼說，凡是精神上自我膨脹的人都是令人輕蔑的了。」我想起有個經常批評別人不去做彌撒的同學，他總以為自己是個聖徒。

聽了我這番話，阿米大笑起來。他的父母微微一笑望著我們。可是我和文卡都不明白我說的這句話有什麼好笑的。

「我說的有什麼不對嗎？」我的臉微微發燙。

「『瞧不起人的人令人輕蔑』，這就等於說：殺人者應該被殺；盜竊者應該被盜；窮人應該為貧窮而苦；無知者就應該被無知折磨……」

我不十分明白阿米的意思。

「彼得羅，有愛心的人不會瞧不起任何人，包括那些心靈層面非常空虛的人。有愛心的人能夠理解別人。他努力為別人效力，而不是批評指責，如同母親不會因為兒子有小毛病而排斥他一樣。自我膨帳是一道障礙，必須克服它才能達到高度進化。另外一方面，你瞧不起別人自我膨脹的心態，難道不正是自我膨脹的心態作祟嗎？如果你能從別人身上的缺點看到值得借鏡之處，這樣的心態是健康的。但是如果只會指責他人，這樣的心態並不可取。」

文卡抗議道：「可是特里人實在應該受到譴責。我們斯瓦瑪人想要過和平的生活，但由於特里人的野心、自私、暴力和欺騙，把契阿弄到了毀滅的邊緣。不譴責他們難道要給予喝采嗎？」

「特里人與一切進化程度不高的人們一樣，正在逐漸進步的過程中。在生活的大學校裡，咱們都是學生。指責過去的錯誤不等於建設新世界；只有提出有效的建議，才能解決實際問題。宇宙友好同盟的各個星球就是這樣得到拯救的。雖然對文卡來說，或許把特里人從契阿上消滅掉更加有效。是不是，小朋友？」阿米笑著問文卡。她明白阿米已經察覺她的念頭，一下子臉紅了。

「這個女孩想要以牙還牙、以眼還眼。」阿米笑著說道。

文卡辯解說：「只要特里人存在一天，我們就不能建設和平的世界。只要有道德敗壞的傢伙存在，就不可能建立一套以誠實為基礎的制度。」

文卡義憤膺的神情讓阿米覺得很有趣。她微微生氣的樣子，在我眼中顯得更美。

阿米說：「契阿和地球一樣，就要從進化的第三級過度到第四級了。」

阿米的父親解釋說：「第一級的星球還沒有生命；第二級的星球有生命，但沒有人類；第三級的星球上出現了人類。你們倆的星球就處於這進化的第三級上。」

我問道：「那第四級的星球是什麼樣子的呢？」

「在第四級的星球上，人類已經聯合起來，組成了一個依照宇宙法則生活的大家庭。並非所有的星球都能通過考驗。有些星球在考驗過程中自我毀滅了。」

「怎麼考驗？」

「為了升上第四級，每個人都要經過一些考驗。這是一種篩選方式；有的人能順利通過，有的人會被刷下來。」

「這些話跟我剛才說的，只要有不道德的人——比如特里人——就不可能建設和平世界，有什麼關係？」

阿米解釋說：「每當一個星球要升級的時候，總會發生前所未有的現象。你可以把它想像成地球伸了個懶腰，然後引發地殼震動，那時星球會釋放出新的能量，以及更加敏銳高級的震波。這些被釋放出來的輻射線具有雙重效果：它們會讓一些進化水準低下的生物喪失理智，最終犯下致命的錯誤而結束生命。劣等生物就會自我毀滅。但是，對於進化水準較高的生物則恰恰相反；因為這些能量和震波反而會提高他們的程度——你想想，地球上那些巨大的史前爬行動物和吃人的植物怎麼會消失了呢？發生這重大變化以後，人類出現了，地球也從第二級逐漸向第三級邁進。理論家們說：只有強者才能生存。可是那些強大的爬行動物卻從地球上消失了。」

阿米的解釋引起了我的好奇心。

「它們為什麼會消失呢？那可是最強大有力的動物！」

「它們的爪子、肌肉、尖牙強猛無比，可是缺乏聰明智慧。人類雖然體力沒有那麼強壯，可是有聰明智慧，所以這個智慧上的強者生存下來了。現在這個過程即將再度上演，但是最強大的既不是肌肉也不是智慧。」

「那是什麼呢？」

「是精神的力量，是愛心。當和平的力量聯合起來，就會成為你們星球上最強大的力量；其餘的一切會像恐龍那樣消失。原因很簡單，因為只有這份力量才能使你們的文明免於被毀滅。文卡，不要悲觀，愛心必勝！因為愛心是宇宙中最強大的力量！」

17 愛的啟示

我們依依不捨地告別了阿米的父母。當時我們還不知道這將是一段驚心動魄的歸途。

我記得光速是每秒三十萬公里，想和飛船的速度比較一下。

我問道：「奧菲爾距離地球有多遠？」

阿米回答說：「八百萬億公里。」

我試圖套入計算速度的公式。上次從地球飛到奧菲爾，我們用去大約十分鐘，可是這段距離的數字太大，我的腦筋打了好幾個結。

「你要是想算出咱們的移動速度，那可是白白浪費時間。因為咱們在一瞬間就『移動了位置』。」

「即使速度再快，從一個地方到另外一個地方總要用去幾分鐘的。為什麼你說不費時間？」

「我沒說『不費時間』，而是說『一瞬間就移動了位置』。我們說的這個時間是由飛船上的設備測量出來的；它會計算我們從這裡到目的地之間的距離有多遠，以及會降落在哪一個地點上。它也會計算出離開「沒有空間——沒有時間」次元的最佳方式，以便隨後能立即出現在預定的地點上——當然，要小心，不能停留在隕石飛過的路徑上。哈哈哈！這有些像馬術表演，飛快地從一匹馬上躍到另外一匹馬上。但是飛船移動的速度可比馬術表演快多了。」

文卡對我們的話題不感興趣，她問道：「阿米，你要把我們帶到哪裡去啊？」

「帶妳回家，回契阿。」

「這麼快啊！」文卡驚叫。

我感到心頭一沉，感覺像是要接受酷刑一般。幾分鐘後，我就要失去這個溫柔可愛的伴侶了。她彷彿是我身體的一部分，我覺得這比砍掉我一隻手臂還難受。這就好像一個人在野地挨餓受凍很久以後，突然被請進一幢明亮溫暖還有熱巧克力喝的房子裡。但是正當他打算好好享受這舒適的招待時，主人突然大吼一聲：「滾出去！」

「如果文卡留在契阿，我也要留在那裡！」我用堅決的口氣強調：「我與文卡絕對不分離！」我氣勢洶洶的態度惹得阿米捧腹大笑。

他用一種我一點也不喜歡的父親般的口吻說道：「彼得羅、文卡，你們倆應該漸漸習慣分隔兩地。生命並不是我們表面上希望它怎樣就能怎樣，而是必須經過內心深入的思考才能明白它的意義；這恰好跟神的要求完全契合。」

「我心裡只在乎我自己！」我用挑釁的口氣回嘴道：「我不能因為一個小孩子下命令就離開文卡！你是屬於你那個星球的，你是個出色的太空飛船駕駛員；可是你比我小，所以我有權利自己管理自己的生活。我一定要跟文卡在一起。就算我不留在契阿，那文卡也要跟我去地球。對不對?文卡。」

「是的，就是這麼回事。」她大聲說道。「咱們永遠不分離!乳臭未乾的小毛頭別想阻攔我們！」

阿米那雙大眼睛平靜地望著我和文卡，唇邊掛著一絲微笑。他緩緩地說：「我還以為特里人都待在契阿星球呢……」

這句話讓我們瞠目結舌。我們明白了自己蠻橫不講理的行為跟特里人沒有兩樣。

情緒平復之後，我不好意思地盯著地板。過了一會兒才慢慢地抬起頭來。

這時，阿米已經不是原來的阿米了——他變得光芒四射，純潔無比。

我覺得自己渺小又卑微。我無法承受那炯炯目光的威力而低下了頭。阿米已經改變模樣，摘下了小孩子的面具，展示出他的真面貌——閃閃發光，好似神的形象……

文卡在我身旁啜泣起來。她也抬不起頭來。她的感覺跟我一樣。

「為什麼你一直隱藏你的真面貌？」我的眼睛仍然盯著地板，不知如何為自己無禮的態度辯解。

「我不知道你在說什麼『真面貌』？看著我，說說我身上有什麼奇怪的地方！」阿米的笑聲緩解了緊張氣氛。

我和文卡慢慢地抬起頭，心裡仍然十分害怕。阿米就在我們眼前，神色自若地笑著。他已經不是那個光芒四射的神了，而是樸實單純的阿米，是我們那位太空小朋友。但是，不對，他不是原來的他了；對於另一個「他」的記憶還保留在我的腦海裡。現在，在他平時的面貌之下似乎隱藏著另一個「他」；因此，儘管他的外表毫無異狀，我還是不時想起在這張面孔後面隱藏著一個性格非凡的人。

文卡走到阿米跟前，打算對他頂禮膜拜。

阿米一面攔住她，一面喊道：「得啦！別搞偶像崇拜！」

「我們只有在神的面前才會下跪，而不會在兄弟的面前下跪；哪怕他是長者也一樣。另外，神是我們肉眼看不到的，所以，只有當我們一個人獨處，在心裡與神溝通，或者冥想和禱告時，才會在無形的神面前跪下來。你們跟我過來！我讓你們見識一下這艘飛船裡的另一個空間。在那裡，你們可以跟至高無上的神靈交流。」

阿米帶領我們向一扇門走去。他拉開活動門。房間裡半明半暗，只有盡頭點著一盞小燈。我們走進房間。

「我們的飛船無論規模大小都有這樣的房間，面積則取決於飛船的人數。」

阿米從我們身後把門帶上。適應了裡面昏暗的光線之後，我看到房間兩側各有兩把椅子，底部由細長的支柱固定在地板上。房間盡頭面對那盞小燈的地板上，有一塊長方形的墊子。我覺得好像身在一個小教堂裡。

阿米的聲音變得嚴肅起來。

「你們可以跪下或坐下。這裡是我們靜思或禱告的空間。最好先靜思。禱告時，我們通常是兩個人一起。但是在冥想的時候都是獨自與神對談，而且會和祂融合為一體。」

我們選擇了下跪，因為覺得有這個必要。我們倆跪在墊子上的時候，阿米啟動了一個什麼機關，房間被柔和的光線照亮了，顯得無與倫比地美麗：玫瑰色、金色、淡紫色和深紫色的多種光線交互穿叉，在牆上舞動。我感覺自己到了另外一種境界。文卡高興地望望四周，唇邊掛著微笑。漸漸地，似乎是顏色的影響讓我產生了某種奇異的感覺，某種潛藏在內心深處的願望；想閉上眼睛，把自己奉獻給剛剛感覺到的那種偉大而美好的神聖情懷。我不知道那股神聖的力量來自我身外還是心中……

或許我當時腦海裡最後的想法，就是意識到自己正在一艘宇宙飛船上，不屬於現在所處的時間和空間；像是在宇宙裡迷失了方向，卻又像處在宇宙的中心點；因為此時此刻的我，正與造物主對談。隨後，充斥在我腦海裡的不再是任何觀念和想法，而是一些不需透過大腦思考就可以直接從心靈感受到的體驗。我並不是在想些什麼，而是強烈地感受到這一切。我的身體被一道金色的光芒包圍，那道光芒是有生命的，而且有很大的力量；這股力量會逐漸增強，變得非常巨大，而且強度會持續下去……我感受到一種單純的幸福，心中沒有半點疑惑，因為所有問題的解答盡在心頭……

現在的我已經不記得那是怎麼一回事了，但是在那個當下卻知道得一清二楚：我知道自己以及全宇宙在過去、現在和未來發生的事情。不僅如此，我還知道自己就是宇宙的中心，一切都由我來指揮。銀河系和其中的生命都是我創造出來的，然後萬物便會隨著一種旋律運行著，彷彿跟隨著我的呼吸起伏彈奏出動人的樂章。但是，我感覺到的又不僅僅是這些而已。我的內心因為充滿了智慧、幸福和圓滿的感覺，所以感到無比地寧靜。要描述出當時的情境實在很困難，但是我知道所有的一切都很美好、完美而奇妙，甚至連遭受到苦難都覺得是一件好事。

最後，我站在一個很高的地方放眼望去，看到時間的洪流不停地向前奔流而去。這是一種很好的體驗。對我來說，這是一種自我教育、淨化心靈、改正錯誤和增強信心的良方。我能夠理解人們之所以會遭受到苦難是因為遺忘了什麼的關係……但到底是遺忘了什麼？我也不知道。在這個時候，我突然感覺到自己的意識已經回歸到原本的狀態；我又開始運用理智和邏輯來思考問題，而本來已經了然於心的答案也消失地無影無蹤……

但到底遺忘了什麼呢？我感覺到了自己的身體，感覺到跪在墊子上沉重的膝蓋。一部分的我不願意回到我那小小的身體裡去，另外一部分則催促我回去。我想離開墊子，回去「指揮」宇宙，回到那個充滿無限睿智的中心點去，去找回答案。「苦難是由於遺忘造成的，但到底是遺忘了什麼呢？」

想著想著，我馬上按照原來的方法，重溫了剛剛的體驗，但是有一股力量把我拉出來，讓我回到飛船上，回到我沉重的身體裡。

我好像聽見有人對我說：「別忘了你的使命是什麼！」「你的使命必須在下面的世界執行。」我當然知道啊！但是我卻不想記起來。我只想反抗這個聲音，回到上面的世界去。但是此時我的內心卻有個聲音告訴我：「你必須先經歷過下面的世界，才有資格到上面的世界。」然而，我還是想不起來到底遺忘了什麼才會遭受到苦難……

阿米這時來到我身邊說：「就是遺忘了真正的自己是誰，遺忘了自己的本質是什麼。」而這正是我需要的答案。聽到了之後，我便下定決心回到飛船裡的船艙，回到自己的身體裡。

等我睜開眼睛的時候，美麗的顏色已經消失，只剩下眼前的一小盞燈。文卡站在那位外星兒童旁邊等著我，她由於感動而雙眼潮濕。

情緒平復之後，我花了一點時間調適，然後慢慢地回歸到自己真正的身分，回到原本有很多事都不知道而常犯錯的狀態。

「遺忘了自己的本質是什麼。」因為我已經快要忘記這句話的意義了，所以為了喚起僅有的記憶，我又對自己說了一次。

阿米說：「這也就是我們為什麼會犯錯的原因。因為犯了這些錯誤，所以『遭受苦難』就是我們必須付出的代價。」

「我不明白……那麼我的本質又是什麼呢？」

「就是神的化身！」阿米答道，一面扶著我站起來。

就在我們離開那個像小教堂的地方時，我試著回想剛剛經歷過的一切，以及我待過的那個中心點：一個充滿無窮的幸福和智慧的地方。

「這就對了。千萬別忘記這個中心點！那就是你真正的本質。如果你以後在待人處事時，都能從這個中心點出發，就不會犯錯，也就不會遭受苦難了。」

「阿米，你說得對。我體驗到了那種渾身充滿智慧的感覺。」

「我體驗到了那種渾身充滿了愛情的感覺。」文卡激動地說。

「智慧加愛情！看到了吧？你們是一對互補的伴侶。你們兩個各自都體現了部分神的精神。」

阿米向飛船的控制儀器走去。

「你們看！咱們就要到達契阿了。千萬別再鬧出什麼亂子來！哈哈哈！」

他的話讓我們想起不久之前對他的冒犯，以及後來他全身散發光芒的情景。

「我們一直不明白，你是怎麼搖身一變就成了發光人的？」

「最大的變化其實是發生在你們身上。你們在剎那間就看到了事情的本來面貌，看到了超越表面現象的東西。我們人人都有超越表面的許多東西，個個都是可以發光的人；但僅僅在某些時刻，我們才能領會到自己或者別人的真正意義。因為那時候你們的態度很差，所以你們內心真正的本質便發揮了功能，讓你們知道自己的行為是錯誤的。可是你們會這麼做只是因為想保護自己的感情，不想分開罷了。由此可見，感情往往是造成暴力行為的最大原因之一。」

我和文卡對看了一眼。在聽到如此矛盾的說法之後，我們都感到非常困惑。

「母狼基於母愛，會非常兇猛地對待攻擊小狼的敵人。就是這種對親人的愛，使人類常常對別人殘忍和自私，甚至引起戰爭。所以這種愛也可能使你們的星球面臨危險。」

我以為我明白了他的意思，便脫口說出：「因為那是假愛！」

「這種感情並不是假的。它當然也是愛，只不過它的層次比較低，程度也不高而已，我們稱之為『偏愛』。這種『偏愛』甚至會促使人們去盜竊、欺騙、殺人。『只求生存』也是一種實現愛的方式，但是他們只關心自己，只關心他們的家庭成員和與他們相關的人。遺憾的是，這種為了求生存而引發的戰爭，會導致人與人之間互相爭奪，甚至喪失寶貴的生命……這就是過分偏愛的後果。」

「阿米，你說得有道理。」文卡沉吟著說道：「我想甚至連特里人都是因為這種『偏愛』才會表現出那樣蠻橫的行為，而不是故意作惡。」

「文卡，妳說得好極了。只要有了這樣的理解，事情就可以有所轉變。這就是站得高看得遠，跳脫暴力鬥爭的小圈子。」

「糟糕的是，特里人的鬥爭已經波及到了我們斯瓦瑪族。」

「契阿上只有一種人民，是由特里人和斯瓦瑪人組成的。」

對於文卡來說，這種說法實在太震撼了。我明白她的心情。

「她偏向斯瓦瑪是很自然的，因為那是她所屬的民族……」

「偏愛的心態再次作祟，才會站在自己的小圈子裡去排擠別人。偏愛有局限性，博愛則是廣大無邊的。到目前為止，你們星球上的人民因為偏愛的心態而倖存，現在正努力從進化的第三級向第四級邁進。如果你們希望長久生存下去，就應該放棄偏愛，遵循博愛的原則行事，否則一定會自我毀滅。這就是宇宙法則。

「如果生活在同一個星球上的各種民族，彼此之間不能互相團結，反而導致四分五裂的話，偏愛的感情就會比較常見。然而，只有當這些地方的科學技術還沒有非常進步的時候，這樣的分裂才不會威脅到全人類的安全。將來，以你們兩個人所屬的星球為例，要是人們不拋棄自私自利的心態，就只有走上毀滅一途。如果不捨棄心中自私、不平衡的偏愛的話，就不可能建立一個公正、和平的世界。」

「為什麼說是『不平衡的愛』？」

「因為愛有兩種方式：愛自己和愛別人；就如同呼吸有兩種動作：吸氣和呼氣。發生偏愛時，吸氣就會多於呼氣。多數的愛給了自己、家庭和親友，只留下少量的愛給別人，這就是不平衡。」

「愛人如己！」我想到這句從宗教課上學來的諺語。

「這就是宇宙法則，是我多次強調的；這是真正的愛心，平衡的愛心。無論對自己還是對別人的愛，都要堅持一樣的尺度，始終保持平衡。」

「如果愛別人超過愛自己，那會怎麼樣？」我繼續追問。

「同樣會失去平衡。那等於只呼氣而不吸氣，幾分鐘後就會僵直不動了……」

「看來，『平衡』是個重要的觀念。」文卡說。

「愛特里人要如同愛斯瓦瑪人一樣！」阿米笑著表示道。

「我儘量吧。我真的要試一試。」

儀表板上的紅燈是熄滅的，契阿人看不見我們的飛船。我們停在一座城市郊區的上空，下面的景色就和地球上的某個城市差不多。我沒有興趣看那些東西，因為我和文卡就要分別了。誰知道什麼時候能再相見呢?我感到胸口有東西壓迫著我。

阿米說：「你們各自寫完第二本書的時候就可以相見了。這本書是為了記錄『阿米重新歸來』。」

「阿米，你的知識豐富，本領強大。但是，文法顯然不是你的強項。」

「為什麼這麼說，彼得羅？」

「因為既然說『歸來』，就用不著說『重新』了。『阿米歸來』就足夠了。」

「說得對，語言不是我的強項。很可能是因為實際上我們很少使用語言。我們寧可用心靈感應術：它更安全而準確。」

「可是你跟父母談話時也用語言啊？」

「那是基於對你們的尊重。如果來客不說我們的語言，那我們應該使用對方的語言，只要我們會說這種語言。」

今天，我不知道為何想起了那次談話的細節——那時我的注意力因為離別的傷感而無法集中。可是現在我向表哥維克多口授這些內容時，當時的情景全都記起來了——對了，阿米說過，他們會通過心靈感應的方式幫助我。

18 拯救「孩子」

阿米提醒文卡說：「下面有人在等妳。是妳的家人。」

「我的家人沒有彼得羅重要！」她說著緊緊拉住我的手。

「我說的不是妳的小家庭，而是妳的大家庭——契阿人民在等待著妳。記住妳的使命！記住妳作過的承諾！假如妳不向契阿人說明，我們正在發起一項以愛心為動力的神聖宇宙計畫，那人們仍然會以為我們是入侵的魔鬼。假如我們的出現會給這裡的人們造成恐懼，我們會感到十分難過。如果沒有人肯為了播種愛心而努力，那毀滅就是不可避免的了。」

「阿米，你說得對。可是我和彼得羅剛建立起新關係……」

「不是新關係，而是永恆的關係，所以你們要以永恆來編織它，實現它。此時此刻，你們必須履行自己的諾言。你們還會再見面的。」

「那絕對是下輩子的事了。」我相當悲觀而壓抑地說。

「我說過，一旦你們寫完第二本書就會相見。難道你們認為我在說謊嗎？」

「真的嗎？」我和文卡互望，目光一亮。

「當然。有一天我會去找你。咱們去契阿接文卡，然後一起去見識一下你們想都沒有想過的東西。」

「什麼東西？求求你告訴我們！」文卡迫不及待地問道。

「好吧，你們會看到這樣一個星球：外部居住著屬於三級文明的人——也就是說，像契阿和地球上的人——內部則住著四級文明的人。外部人不知道內部人的存在。」

「太神奇了！」阿米的允諾讓我們暫時忘記了分離之苦。

「還有什麼別的東西？」

「一個海底的人造文明世界。那是你們絕對想像不到的。」

我們瞠目結舌的樣子讓阿米開心地笑個不停。

「像這樣的文明世界在宇宙中有幾百萬個之多，那是更高等形式的文明。事實上，每個文明世界的本身就是一艘艘巨大無比的飛船……」

「我以為與大自然保持接觸的生活才是文明的高級形式呢，可是你剛才卻說人造世界是高級的……」我想起阿米以前說過的話。

「當人類與愛心法則產生共鳴時，他們所創造或實施的一切都是自然的。當人類遵照永恆原則和諧處世的時候，整個宇宙都是他們的財富；可以使用全部的想像力，和所有可能的高等科技，為了人類的幸福支配這些財富。以個人而言也是如此；只要秉持著愛心，凡是你心裡想像的，你就能夠做，並且以努力、毅力和信心去實現。但是，你們卻始終不願意徹底解除軍備，因而付出饑餓和苦難的代價。你們知道在地球和契阿，僅僅十五天之內要花費多少錢在武器上嗎？」

「我想不出來。」

「那些錢足足可以餵飽世界一半的人口。知道可以撐多久嗎？」

我試著計算了一下。哎呀，這麼多張嘴要吃多少東西啊！我不知道。

文卡說：「如果不花在軍備上，那麼大家可以十五天有飯吃了。」

「妳錯了。你們十五天的軍費可以讓世界一半人口吃上不只十五天的飯，而是十年！光是軍備費用而已啊！」

「不可能！」我們驚慌又憤怒地喊道。「這些錢僅僅花在軍備上嗎？」

「軍備項目包括：武器的購買和研發，此外還有許多開支是偽裝成『科技研發』項目，歸根究底都是企圖壓制對手之用。假如你們不把錢花在軍備上，不僅不再有人挨餓，而且人人豐衣足食，不再有窮國、富國之分。此後人人高枕無憂，不必為子孫後代的生活擔心。」

文卡說：「那麼我一定要建議國家放棄軍備！」

「目前還不是提出這個建議的時機。短期的目標是讓所有的國家都願意和平地聯合在一起；為此，需要讓人們看到這個偉大的理想。要讓大家知道：雖然眼前有重重障礙，但我們正逐步靠近這個夢想……」

「神不能讓這樣惡劣的事情繼續下去了！」文卡激憤地說。

「得啦！神做的還不夠多嗎？神代表愛，而愛就在你們心中。這份愛將擔負起指引你們的星球走上正路的責任。但是，路要靠你們自己走——以各種和平的方式。這是一種引導而非強迫的方式，神只會為你們指引方向，以便每個人都能發揮團結一致，愛好和平的精神，跟隨著祂的腳步前進。不要總是等待神或別人去行動，你們自己應當動起來。如果一味地等待別人，那唯一的後果將是有人按下核武的按鈕……」

「假如有人啟動了核子武器，難道你們不會攔阻他嗎？」

「既然你們允許這種人存在，那你們就該吃苦，我們無法干涉。我們只能營救愛好和平的人士，以及願意學習游泳的人。在目前這危難時刻，最迫切的就是這項工作。」

「這麼說，別的工作，比如生產大量的食物，就沒有什麼用處啦？」

「任何工作都有必要性，但是有輕重緩急。假如你兒子餓了，你首先應該做的事情是為他找食物。如果除了挨餓之外，你兒子馬上有墜落深淵的危險，你首先應該做什麼？是找食物還是救兒子？」

「當然是救他離開深淵。」

「你們星球上的事情就是如此。孩子需要食物和衣裳，還需要文化、藝術、良好的生存環境、醫療保險、舒適的住宅、智慧、感情等等。但是孩子如果面臨死亡的威脅，最迫切的是拯救他的生命。當他脫離生命危險，才能再去尋求其他的東西。」

「有什麼辦法能讓『孩子』不死嗎？」我明白阿米說的「孩子」是指人類。

「這取決於你們自己。咱們繼續以懸崖邊上的孩子舉例吧。如果三個哥哥抓住了掛在懸崖邊上的弟弟的衣裳，但是沒有足夠力量把弟弟拉上來。他們應該怎麼辦？」

「那就大聲呼救啊！呼喚父母和其他兄弟……」

「你們的書就有這種功能，是一種對大眾警告與求救的呼喊。但是，假如三個哥哥中有一位洩氣了，他說，沒指望了，隨後甩手而去，那會發生什麼後果呢？」

「可能其他兩個哥哥也沒力氣了，使小弟弟跌落深淵……」

「所以，離開這個工作的人越多，災難降臨的可能性就越大。也許你的參與會讓天平朝某個方向傾斜，也許你的星球的命運就取決於你——閱讀這本書的讀者——你的行動也有可能判決你們星球的命運。」

（阿米要求我們倆在書中翔實地寫下這些話。他說這反映了一個高級事物的系統。我不太明白，但是我遵照他的要求寫上了。）

阿米問我們：「你們肚子餓嗎？」

這句話有點諷刺意味；因為心裡難受，我們的胃漲得滿滿的。

「那表示你們需要『充電』。來這裡坐下！」

阿米在我們的脖子上掛了一個可以在十五秒內達到八小時睡眠效果的儀器。醒來以後，我的心情，好了許多。儘管如此，想到即將和愛人告別，仍然使我悲從中來。

「下次見面的時候，我會告訴你們許多別的事情。」

文卡溫柔又惆悵地望著我。隨後她轉身對阿米說：「盼望你回來的主要原因，不是什麼增加新知識，也不是參觀別的星球，而是重新見到彼得羅。」她來到我身邊，握住我的手。

阿米站起身說：「我去清醒一下大腦，你們可以利用這個時間告別：哭哭啼啼、捶胸頓足、呼天搶地。在難捨難分的纏綿之後，文卡下船，彼得羅回地球。」說完他就走進「小教堂」了。

雖然難忍離別的傷感，阿米這番話還是讓我們破涕為笑，重新振作起來了。

告別

這最後一部分是寫給我自己的，是我內心深處的話，是傷感的段落；因此我避開了細節，希望你們見諒。如果這些書只有咱們小孩子閱讀，那沒什麼問題。但你永遠也無法知道什麼時候、在什麼地方埋伏著一個成年人，在下班後讀了這本書。他們會嘲笑一切：嘲笑善良、和平的外星人存在的可能性；嘲笑為團結、公正、和平的世界而奮鬥的嘗試；他們什麼都嘲笑。假如你告訴他們：愛心是宇宙的基本法則，他們會笑彎了腰。因此我寧可不在他們面前談深刻的東西；比如，真理和情感。

我在維克多的一本書裡讀過一則古老的東方說法。我不知道是否記得準確，不過大意是這樣的：

有人跟一個成年人說起有關愛心的事，

他聽罷哈哈笑個不停；

如果沒有大笑，

那是因為沒有跟他談到真正的愛心。

文卡走了，我感到好孤獨，雖然夜晚入睡之前我閉上眼睛，讓自己靜下心來，但沒過多久她又出現在我心裡。好啦，你也許以為這都是小孩子的遊戲⋯⋯

在返回地球途中，阿米想要給我看看一些歷史圖像；像是耶穌在傳道，凱撒坐在王座上⋯⋯其他的我不記得了。他甚至極力慫恿我看看我自己嬰兒時的模樣。我對一切都不感興趣。我一頭鑽進了「小教堂」，直到阿米來找我。

「你過來看看！咱們已經到了一個重要地方；地球一旦發生毀滅性的災難，這裡將收容被營救的人們。」

我基於禮貌而不是好奇的心理湊過去瞄了一眼。我們正在一片海水浴場的上空。正是黎明時分。

「這是地球啊！」我覺得很疑惑。

「當然！這就是收容倖存者的地方。」

「可是……我原本以為會是另外一個世界……」

「的確是另外一個世界：和平、公正和愛心的世界。如果發生致命的毀滅，我們會拯救應該被拯救的人。隨後，把地球上的全部污染清除乾淨，再把被營救出來的人們安置在那裡，讓他們建設一個美好的世界——雖然最好是不經過任何毀滅或災難，就可以建設美好的世界。」

「可是你說過你們正在準備另外一個星球用來收容……」

「我沒說另外一個星球，而是一個重要地方；我沒說那個地方的名字。就是這裡。你看到的那些地質調查工作是我們正在進行的準備工作的一部分。振作起來吧！地球不會徹底毀滅的。」

這句話既沒有讓我感到興奮，也沒有讓我悲傷，因為我一心想著文卡。

「下一次旅行時我再讓你看那些歷史影像。如果看到包著尿布的彼得羅，你能想像文卡會笑成什麼樣子嗎？」阿米極力表現出樂觀的樣子，想逗我開心。

我請阿米原諒我這副無精打采的樣子。他說這很快會過去的；他了解我的心情。

艙門打開了，一道黃色光柱亮起。我們倆熱烈擁抱。我說了聲「再見」，轉身跨步邁入光柱之中。

「不久以後再見！」我從空中降落時，耳邊傳來阿米的聲音。

如同上次一樣，雙腳一在沙灘著地，我就朝天上望去——什麼東西都沒有。飛船一定是在隱形狀態。正在這個時候，我聽到維克多的帳篷裡發出吵鬧聲。

「啊！鬧鬼啦！」

我表哥出現在帳篷門口，慌慌張張向外面跑，跑了一段距離後才停下腳步。此情此景讓我回到了現實中。

「維克多，發生什麼事？」

「彼得羅，裡面有頭……大、大……」他頓足喊道。

「維克多，有什麼？」

「一頭……大象……」

「一頭大象？在這個小小的帳篷裡？」

「是啊！它的大腳就踩在我胸口上，把我驚醒了。幸好我及時逃出來……」

我明白發生了什麼事情：阿米使用了遠距離催眠術，跟維克多玩了一場遊戲，為的是讓我開心起來。他的目的成功了一半。我向帳篷走去。

「小心！別惹它！」

我掀開帳篷的門，裡面空空蕩蕩。

「你看！什麼都沒有。」

「可是，可是……」表哥的神情十分困惑。

「你是在做夢啦！」

天不知不覺亮了，我和表哥升火準備早餐。

「你的樣子怪怪的，為什麼這麼不開心？」表哥察覺到我悶悶不樂，於是問道。

「因為我去看那塊岩石了。」

「什麼時候去的？」

「在你醒來之前。所以剛剛你看見我在帳篷外面。我剛好回來。」

「你真不聽話！好啦，看見什麼了？」

「你想我為什麼心情不好？」

他愛怎麼想就怎麼想吧。關於阿米存在的真實性，我已經不需要說服任何人了。只要我自己相信就足夠了。

表哥說：「你瞧瞧，不是跟你說了嗎？那不過是一場夢。」

「跟你夢中的大象一樣？」

「沒錯！有的夢就像真的一樣，但它畢竟只是夢。不要把想像與真實混淆在一起。」

結語

維克多說：「不要把想像與真實混淆在一起。」可是阿米說：「每個人都生活在一個想像的宇宙中。」阿米還鼓勵我說：「只要努力、堅持，有信心，就能心想事成。」

我不再相信武器統治的世界，卻堅信愛心足以統馭宇宙。如果做這樣的夢的人有許許多多的話，那夢想就一定會變成現實。

別管成年人的嘲笑、武器和一大堆的「不可能」吧！有愛心的孩子們就像雄蜂——就是那種圓圓、胖胖、短翅膀的小飛蟲。「經過科學證實」，按照空氣動力學，雄蜂是飛不遠的；但是，雄蜂不懂得科學家的意見，天真而勇敢地往前飛，就像最優秀的蜜蜂一樣……

只要有這群優良的「雄蜂」，人們的赤子之心就不會一去不返——至少在我故事裡的人不會如此。

結語之二

在一處並不遙遠的海灘上有一塊高聳的岩石，有某種奇異的力量在岩石頂端上刻下一顆長著翅膀的心。據說，只有經常作遊戲的人才能發現這顆心。遺憾的是，只有少數幾個孩子找到了這顆心。原因是，孩子除了比成年人動作靈巧、敏捷之外，他們玩得很優美；相反地，成年人喜歡耍花招，玩得不太好看。

由於這塊岩石是通向一個神奇世界的起點（它的神奇正是因為那裡的居民總是按照規則作遊戲），所以它不能冒險接納不好的人，也不能接納時好時壞的人。否則，會立刻毀壞了那個美好的世界。

結語之三

人們述說著那些事：大家看到一個眼中閃爍頑皮神情的老人，成功爬上了那塊岩石。當地的人察覺到黑暗的天空中出現了奇異的光芒。前幾天還有人看見愈發年輕的他，朝著問題叢生的陰暗城市走去。他踏著堅定而愉快的步伐，呢喃的語音漸行漸遠：去拯救一個瀕臨深淵的孩子……

結束了嗎？

只要人類仍然固守門戶之見，
選擇毫無公義可言的生活，
繼續手持刀劍毀壞家園，與愛心隔絕，
那我們的災難就永不會終結！

國家圖書館出版品預行編目資料

阿米2 ： 宇宙之心 / 安立奎.巴里奧斯
(Enrique Barrios) 著；趙德明譯.--二版--
臺北市：大塊文化，2016 [民 105]
面：　　公分.--(R : 08)
譯自：Ami, regresa
ISBN 978-986-213-763-5 (平裝)

885.7559　　　　105022317